雪積む里

ばかたれ男
泣き虫女

佐々 泉太郎

東京図書出版

ばかたれ男　泣き虫女❖目次

一、待宵草の宿

松蔵は温泉で賑わう赤湯村裏通りの商人宿に入ると女将に目配せし、よく磨かれた廊下を滑るように足を進めて蔵座《くら》敷の前を通り右へ曲がった。行き当たりが菊と待ち合わせている部屋で、別の客が間違って入ってくる心配はなく静かな部屋だ。行燈が二つ点っている。

部屋に入ると丸に田の字の屋号紋を染め抜いた紺の前垂れ（前掛け）を放り投げ、出窓を開けて腰掛けた。外に首を出して見回すと、宵闇の中に待宵草の花が月光を受け浮きだしている。障子にもたれて、ふー、と躰の中に溜まったものを吐き出すように息を吐いた。

奥行きのめっぽう浅い床の間に安物の掛け軸が日焼けしている。養蚕家の婿である松蔵は行儀も気配りも放り出せた。気のおけない仲間との打ち合わせにも使う部屋だ。

ほどなく廊下に物音がして、襷に前掛けという女が入ってくると、「お出でいただいて有り難うなっし」と言いながら廊下に置いた四つ足の膳を部屋に入れ、床の間を背にする席とその横座に部屋隅から座布団を運び、膳を置いた。鯉の甘露煮と、干し豆腐や人参、芋の煮付け、茄子の粕漬け、徳利と盃が載っている。女将が早々に膳を準備させ部屋への出入りを控えるように気を利かせたのだろう。道ならぬ逢い引きなどではないのだが、今宵の自分との待ち合わせを菊はどう受け止めているだろう。

菊の兄惣《そう》太郎と松蔵は赤湯村の隣、宮内村で寺子屋仲間だった。惣太郎から、赤湯村で働いている菊に何か困ったことがあったら力になってやってくれと言われているのに何もしないわけにはゆかない。会って元気に楽しくやっていることを確かめ、惣太郎に知らせておかねばいけない。

休む暇のない仕事と心遣いの日々から抜け出し、思い出話などを楽しむだけのためなら、茶屋や神社の境内でも良いのだが、人目に付くところで親しげに長話などをすれば噂の種になる。昵懇の女将に頼んでこっそり会うのが一番無難なのだ。

菊の実家斯波《しば》家と松蔵の実家阿部家は親しい仲で、惣太郎、松蔵の兄要助、それから菊とはいつも一緒に遊んだものだ。近所に女童《おなごわらし》もいたが、菊はいつも年上の松蔵達と遊んでいた。

部屋に入る源氏襖がすっと開いて、菊が入ってきた。腰を下ろして襖を閉めると、小声で「お待たせしたなっす」と言いながら、松蔵が放り出した前垂れを畳み、「松蔵さ、こうゆう物は畳んでおくもんだよ」と言いながら横座の座布団を少し引き横座りに腰を下ろした。菊の方にも、男女の密会というような意識がまったくないことが分かって、いくらかの不安があった松蔵はほっとした。

「お前《め》、いつからおれのお母様《おっかさ》になった」と言いながら、松蔵は席に腰を下ろしあぐらをかいた。

嫁《とつ》いだ女が結う丸髷《まげ》、程よく抜かれた襟《えり》が若妻を思わせる。窓から入る風が蚊遣り

の煙をゆるく流し、月下の方が明るいよと囁《ささや》いているかのように待宵草は軽く頷いて
いる。田の畦を声を上げて走り回っていた女童が、今は女が香ってその肩に手を乗せ
ることとさえ躊躇《ためら》われる。
「いつまでも丸髷じゃ良縁が逃げてってしまうべ。そろそろ島田髷に戻したらなじょ
だ」
「おれな、嫁勤めはこりごりよ。松蔵《まつぞ》さのような優しい人に巡り会えば別だけどよ」
「冷やかすもんでねえぞ。いつの間におれをからかうようになって。女《おなご》は年取るもん
でねえな」
「いつまでもおぼこでねえよ。松蔵《まつぞ》さこそ旦那面だ」松蔵の膝をぽんと叩いた。
「痛てて」
松蔵はひっくり返ってみせた。
「申しわけねっす、申しわけねっ……」
「はっ、はっ。大の男が女《おなご》にちぇっと触られたら気持ちええだけだ」

「よくも騙《だま》したな、ばかたれが。もう松蔵さでねくて松《まつ》ちゃだ」

「ばかたれの松《まつ》ちゃか」

二人は声を上げて笑った。菊はまだ五、六歳の頃から「ばかたれ」が口癖で、家でそのように叱られていたのだろう。菊のきれいに並んだ白い歯、紅が塗られていない唇が可愛らしい。

「お菊。出戻りだからって引け目に思うでねえぞ。ちっとばかり所帯を持つ練習をしてみただけなんだからな。嫌なことは忘れろ。お前《めえ》ほどの器量と気立てがあれば、人生はこれからだ」

「んだ。器量は人並みより悪いけどな、おれもこれからだと思ってる」

「お前ほどの器量よし、めったにいねえ。ところで惣太郎さと近頃会ってねえけど、元気だべ」

「元気だ。変わりね」

「お父様《おとつあま》は？」

「なんぼかずつ（少しずつ）でも良くなっとええのだけど。おれ、お父様《おとつぁま》を看《み》ている兄《あに》やさと義姉《あね》さには頭上がんねなよ。独り者になったおれが面倒見ればええのだけれど、小姑のおれがいては義姉さが気詰まりだべ。んだから、烏帽子《えぼし》屋で働いていんなよ。お手当はろくに貰えねえけど口減らしにもなるし、目障りになんねで済むし」

松蔵は、自分と同じようなものだと思った。

自分が四年前に嵐田へ婿入りしたとき、「小糠《こぬか》三合あれば婿に行くな」ということを知っていた。しかし、分けて貰う田畑はないし、米沢あたりの商家に丁稚《でっち》として入れば、主夫婦の息子、娘に小間使い以下にこき使われ、二番番頭あたりにはずいぶん意地悪されると聞いていた。それなら、嫁にも、舅、姑にも頭が上がらなくったって同じではないか。実家にいて兄夫婦の邪魔になるよりはましだと思ったのだった。

今夜は松蔵が婿に入っている嵐田の家に瞽女《ごぜ》さまが来ている。去年の語りは「仙台萩」だったから、今年はたぶん「阿波の鳴門」だろう。何事にも厳しくて、畳に塵一つ落ちていても大声で怒鳴る姑ゑい《えい》だが、語りが涙の場面になると、膝に置いた手ぬぐいで何度も涙を拭う。そんなところを婿に見られるのは嫌だろうと、松蔵は養蚕仲間との打ち合わせにかこつけて、今夜は家へ遅く戻るように気配りしたのだった。すっかり老け込んで隠居した舅の勘七は早々と床に就く。遠慮の要らない菊に会っているときぐらいは、妻ハナという、張りぼて子作り人形のことも忘れていよう。

菊が手のひらに徳利の膨らみを載せ松蔵が持つ盃に傾けた。この注ぎ方は赤湯村で一番格式が高いといわれる温泉旅籠《はたご》の烏帽子屋で働いているうちに覚えたのだろう。芸者じみた、身持ちの悪い女が男にすり寄るときの注ぎ方で、いつか注意しなければと思いながら注がれた盃を膳に置き、徳利をとって菊の方へ向けた。菊は左手に持った盃に右手を添えて注がれる酒を見つめた。

鬢《びん》（耳ぎわの髪）も髷もきれいに梳《と》かした菊は、松蔵にじっと見られ一瞬恥じらうように顔を軽く伏せた。

菊は十七歳で宮内村の旧家に嫁入りしたが、夫の暴力が激しく、姑の虐《いじ》めもあって嫁勤めは一年も続かず実家に帰り、仲人や父親の尽力で一年前にやっと離婚になったのだった。その時の心労が祟ったわけでもないだろうが、父親は去年から寝込みがちになって斯波家の家督を長男惣太郎に譲った。惣太郎は松蔵とは同じく二十四歳だが、奉公人を二人使う農家の旦那様で、子供を一人持っている。


「ここの鯉煮、赤湯では一番うめえでねえか。宮内の安藤鯉屋にはかなわねえが」松蔵は鯉煮をあらかた食べ尽くして言った。

「鯉煮は、なんたって宮内だな。米沢の鯉煮、一度食ったことあっけど、硬くて、ぱさぱさしてな」菊もあらかた食べ尽くしている。

「ほだ（そうだ）、ほだ」

「安藤鯉屋の嫁はもごせえ（可哀想）っていう評判だよ」

「なして（どうして）」

「仕事、仕事でおぼこ（子供）を抱かせてさえもらえねえで稼がされ、仕事から帰ってきたば、おぼこが鯉の池さはまって（落ちて）死んでいたんだと。お姑がちぇっと目を離した隙にな。嫁は泣いて泣いて、冷たくなったおぼこを離さねかったと」

松蔵はその光景を思い浮かべ胸が詰まった。

「婿はええもんだな。旦那様だもの」

「婿も同じじよ。稼いで稼いで、おぼこなさせる（生ませる）のが仕事だ」

「松《まつ》ちゃ、そげなこと言うもんでねえ女《おなご》の前で。ばかたれが。顔が赤くなるでねえか」

「お前《めえ》は昔から男童《わらし》だ」

松蔵は懐から手ぬぐいを出し、口を拭うと出窓に腰掛けた。菊も向かい合って腰掛け障子にもたれ、一緒に夜空を仰いだ。菊が言った。

「星、綺麗だことお」

「明日は暑くなんな（なるな）」松蔵は、ふー、と息を吐いた。酒にあまり強くないのだ。

昨日は春蚕《はるこ》の繭《まゆ》を出荷した。明日は夏蚕《なつこ》の蚕種《たね》紙《がみ》が届く。昨日と明日の間に空いた今宵、松蔵の心は洗われた。これから嵐田の家に行けば、ハナとの褥《しとね》も仕事場なのだが、まだ子供はできない。

少年時代のこと、養蚕のこと、街中のこと、田や畑のこと、漬け物の味など取り留めない話は終わらないが、半時（一時間）経った頃合い菊は腰を上げた。

「そろそろ帰らしてもらわねば」

「ほだな（そうだな）。んではお前《め》さき帰れ。おれは少し間を置いてからここを出っから。世間から異《え》なこと噂されては困っからな」

菊の寛《くつろ》いだように見える後ろ姿を見送っていると、幼なじみというものは良いものだと松蔵は思った。


赤湯村は烏帽子山の麓にある。山とは言っても息を切らさず登り切ることが出来るほどの山で、麓には上杉の殿様が入った湯のある本陣旅籠を含め温泉旅籠がいくつかあり、年中賑やかな村だ。上杉の領内では博打と体を売る芸者は禁止されていて、犯せば厳しい仕置きが待っているから、いかがわしい雰囲気の暗がりはない。

嵐田の祖先は温泉の掘削に失敗して、一時期小作人に身を落とした。五十余年前、領主の上杉治憲が大倹令を出して質素倹約を命じ、養蚕、漆、青苧《あおそ》（麻の一種）、紅花栽培を奨励した。養蚕のため桑畑を拓かせた政策にのって、当時の嵐田家の主は野菜作りには向かない土地を廉《やす》く手に入れ、桑の苗木を植えさせ養蚕の手ほどきを受けて養蚕農家になったらしい。生産した繭はみな買い上げてもらえるから、上杉領内の養蚕は年を追って盛んになった。嵐田家もしだいに桑畑を増やし、蚕室を広くするため家を大きくすることができた。

去年頃まで数年続いた冷害による不作で、村山村や山形村では何百人も飢え死にし、道端には死体が転がったという。江戸でも不作続きで飢え死にが何千人も出たらしい。上杉領内と幕府からの上杉預かり地で飢え死にした者は一人も出なかったので、少なくとも生粋の領民は、後に鷹山と号した治憲を誇りに思うようになっていた。嵐田家でも鷹山自身も守ったという一汁一菜の食膳、着物は木綿を厳格に続けている。

繭の売値の六割は年貢だから儲けは少ないが、お蚕《こ》様を病気にさえしなければ旱魃や冷夏で食えなくなる農家よりましだと松蔵は思う。婿は収入を安定させ、子供を二、三人生ませれば、舅と姑にとやかく言われる筋はない。

松蔵は婿養子ではなく、ただの婿だから嵐田家の家督を継ぐことはない。しかし、近頃「嵐田の婿」ではなく、「嵐田の若旦那」と呼ばれるようになってきた。婿入りしてまだ四年目である。もし、「嵐田のご主人」などと言う者が現れると、姑のゑ以は、嵐田の主は娘のハナだと息巻くだろう。

勘七は入り婿（婿養子）で、ゑ以は貧しい農家からきた勘七の後妻だ。松蔵はその一人娘ハナの婿になったのだった。

松蔵の実家阿部家は、もとは宮内村の郷士の家柄だったというが、今は貧しい農家で松蔵は二人息子の弟の方だ。兄要助が家督を継いだ。母親は松蔵が十歳のときに流行病《はやりやまい》で死んだが、躾《しつけ》は厳しかった。郷士の家柄という誇りがあったのだろう。

松蔵は初更（夜八時頃）の頃合いに家へ帰った。予想通り瞽女《ごぜ》の語りは終わって集まっていた女達が帰って行ったところだった。松蔵は蚕室へ手燭を持って入り、夏蚕の準備に手落ちがないか念のために見回った。蚕種紙は生種《なまたね》（孵化した蚕種）だ。どの養蚕家も催青《さいせい》（孵化）していない蚕種紙を買い、若い女達の脇の下に挟ませて温め催青させるのが習わしだが、催青が揃わない。購入値が高くても生種を購入した方が収穫は多くなる。松蔵は婿入りして一年目に舅勘七に生種購入の利を説いて、翌年から生種を購入するようになっていた。

　婿入り二年で蚕種紙の購入数を増やし、繭の収穫量を増やした。さらに繭から糸を紡いで絹糸にすれば、収入が増える。だが、糸繰り（繭から糸を繰り出す）が下手だと、でき上がった糸は売り物にならない。姉こ（女手伝い）二人を雇っているが、何年も前から通って来ている年上の姉こは不器用で、糸繰りをさせることができない。暇を出し（辞めさせ）て、新たに器用で真面目な姉こに来てもらいたいとゑ以に言うと、「さんざん奉公した姉こに暇を出すなんてな、嵐田の信用ねくす気か」と血相を変えられた。

ゑ以の言い分もわかるが、腹が立ってくる。婿としてこの家に何が起きても揺るがなくするために懸命なおれのやることに、何も分からないくせして口出しするなという怒りが湧いたのだ。

鷹山公以前の領主のとき、武家も領民もみな飢え死に寸前になって、領地を徳川に差し出そうとしたではないか。鷹山公は米沢紡、米沢黄八丈を作らせてご領地の外に売り、困窮から抜け出す努力を絶えず続けてきた。万一、お蚕様が病気で全滅すれば、収入はなくなるのだ。糸繰りがうまい姉こがいれば、繭を他所《ほか》から仕入れて紡がせれば、工賃稼ぎができるのだ。

仲間の寄り合いで、絹糸紡ぎについて話してみた。

「松蔵さのところでは毎年繭の出来はええのだから、そげに儲けを考えねでもいいべした」と言ったのがいて気まずくなった。別の男が、「松蔵さのところではなして(どうして)コシャリ(白カビ病)だのスキ蚕《こ》だの出ねえんだべ。飼い方を教《おし》ぇて貰えねもんだべか」と話題を変えた。

「特別なこと何もしてねえけど。ほだなあ。おら家《え》は田を持っていねえから手が行き届くなでねえか」

「田持ってねくて何よりよ。去年も、その前も冷害続きで、生まっちゃばかりの赤児を潰した（間引いた）百姓は、なんぼもあったもな」

「んだ。んだて育てられねもな。赤児を攫《さら》ってくれる人買いもいねしな」

「売られた娘こ、多かったよう、なあ。もごさくて（可哀想で）、連れられて行くな見ていらんにぇかった」

「白い飯《まま》食べられっとこさ連れてってもらうなだ、なて（なんて）騙されてなあ。そげなことあったけど、赤湯や宮内、米沢で飢え死にしたってえ話聞いたことねえもな。年貢まで減らしておごやったのだから、幸せと思わねば罰当たる。鷹山公様のお陰よ」

話はいつものように取り留めない雑談になって終わったのだった。

明日は夏蚕の掃き立てだ。蚕座《さんざ》（蚕飼育用の平たい籠で底に紙などを敷く）に桑の柔らかい若葉を刻んで広げ、その上に蚕種紙から毛蚕《けご》（孵化したばかりの蚕）を鳥の羽根で掃き落とすのだ。その蚕座を積み重ねて紙帳《しちょう》（紙製箱型の覆い）で覆うと、それからの松蔵は緊張の日々が続く。毛蚕は死にやすいのだ。紙帳を除くまで育つと、諸肌脱いで肌の感じから室温と湿度を調節するため、屋根の煙抜き小窓を開けたり閉じたりする。これを疎《おろそ》かにすると稚蚕《ちさん》（三齢、脱皮三回までの蚕）は死んでしまう。桑の葉の柔らかさと量を見極めて与えなければならないし、蚕座からは常に糞とごみを除かなければならない。わずかな気の緩みも許されない。松蔵にとり稚蚕は虚弱な殿様のようなものだ。

雨で濡れた桑の葉は与えられないし、摘んだ葉の保存はせいぜい二日間だ。お蚕様が大きくなるにつれ与える葉の量が増える。一里（約四キロメートル）近く離れている桑畑から運ぶ葉のついた桑の枝が増え、それを運ぶのは重労働だ。お蚕様が四齢に入り、繭を作り出す五齢が近くなると、食べる量が極端に増え、畑からの桑枝運びは大変な力仕事になる。桑枝刈りと運びは奉公人に頼むほかなくなる。繭作りが終わったとき、松蔵は放心状態になるのはいつものことだ。そして、ほかの養蚕農家と同じく、喜びが家に溢れる。

稲作農家で養蚕の仕事を担っているのはたいてい女だ。養蚕家として、男として、女仕事の養蚕に負けるわけにはいかないのだ。

掃除、洗濯、炊事を姉こ任せのゑ以とハナは、蚕が鼠に食われないように見張る猫の世話だけだ。抱いたり、撫でたり、茶を飲みながら気楽なものだ。

そろそろ稲作農家は田の草の四番取りが終わる頃だ。蚊も蝿もめっぽう増え、田の中の蛭も多くなったはずだ。さらに野菜作りも最盛期だ。赤湯村の田の泥は深い。田に入れば足は膝までもぐる。農婦たちが腰を深く曲げっぱなしで続ける田の草取りはずいぶん辛いのだ。忙しいのはおれだけではないと松蔵は自分を励ましながらお蚕様育てをやってきている。

神棚に灯明を点して手を合わせ、夏蚕もみな繭を作るようにと祈って床に就くのはいつも深夜だ。ハナは寝息を立てている。子作りのしようもない。自分の子が生まれるのはいつだろう。だか、おれは婿にならなければ、実家で嫁も持たずおじっぺと呼ばれる生涯奉公人なのだ。

七月初めに掃き立てた夏蚕は無事に四齢に入って、死んだものはほとんどない。ここまでは大成功だ。いよいよニワ休み（最後の脱皮）だ。コシャリやスキ蚕などが出れば繭は激減する。お蚕様病のため泣かされた養蚕家は多い。松蔵は上蔟《じょうぞく》（繭作り）の準備に心を尽くした。

この時期暑さも手伝って、松蔵は疲れと緊張で誰に対してもとげとげしくなる。さすがにゑい以も松蔵に対して無口になる。家の中の張り詰めた空気をよそに鼠を追い払う猫二匹だけがときどきあくびをする。

出来かかる繭を見て松蔵の緊張はようやく緩んだ。糸繰り姉このことはいつもの通りにしたが、仕事について何も知らない姑に口を出させないためにはどうしたものか。

舅の勘七は隠居になりきって、しかもゑ以をそれとなく避けている。ゑ以は娘のハナを家来にしてこの家の殿様気取りだ。

街に出てこれという当てもなく、ジャッ、ジャッ、と乾いた道に下駄の音を響かせながら歩いていると、菊に出会った。松蔵は蚕の国から突然呼び戻されたような気持ちで、「やあ」と言うと、菊は軽く会釈しすっと近寄ってきた。「またお会い出来ねべか。相談してえことが出たもんで。この間《こねえだ》みてに金のかかるところでねえところ、どこかで」

「分かった」

松蔵はひと言返事して菊から離れた。

菊の頼みは放っておけない。夏蚕に続いての秋蚕が三齢に入った。もう一息で今年のお蚕様育ては終わると思うといくらか気が楽になったとき、松蔵は烏帽子屋に行き丁稚に、話を作って菊を呼び出して貰った。やはりいつもの商人宿しか適当な待ち合わせ場所はないことを告げ、日時を秋繭出荷のすぐ後に決めて家へ戻った。

商人宿の仲居が物知り顔に笑みを浮かべて、前と同じ部屋に案内してくれた。菊が少し遅れて部屋に入り松蔵を見るやいなや、気が緩んだのか泣き出し、しゃくり上げ始めた。

「なじょした（どうした）」

驚いた松蔵は菊の背を抱えるようにして座布団に腰を下ろさせた。菊はなかなか言葉が出てこない。

「おれを実の兄だと思って何でも話してみろ」

菊は肩が上下するのをなんとか抑えてやっと言った。

「おれにな、……兄《あに》やさがな、……嫁に行けっていうなだ」

途切れ途切れに訴える。烏帽子屋の手代が仲人を立てずに、直接惣太郎のところにやってきて、菊を嫁に欲しいと申し込んだという。嫁に行くのはこりごりで断ってほしいと何度も頼んだのだが、当の本人が菊を見込んでのことだし、昔のことを何もかも知っていてのことだから今度は間違いない。二度とない縁談だから嫁に行けと、菊を説き伏せにかかっているという。兄が自分のためを思ってのことだから、どうしても再婚は嫌だが断り切れないらしい。

「惣太郎さの言うことはもっともだが、そげに嫌なら断った方がええ。嫌で一緒になってうまくいくはずがねえもの」

この一言で菊は張りつめていた気持ちが緩んだらしい。菊は嫁入りが怖くて、恐ろしくてならないのだ。

「惣太郎さは烏帽子屋にまで来て嫁入りを勧めるわけでもあんめえ。その手代には何も聞いていないふりをしたらええ」

「話聞いてもらったら気が晴れた。ほんに松蔵さは頼りになる」

今泣いたカラスがもう笑った、と松蔵はおかしくなり、菊の幼い頃を思い出した。遊んでいて気に入らないことがあるとたちまち大声で泣き出す。要助はずっと年上だし、惣太郎はおとなしい性格だから、やんちゃだった松蔵が虐めたのだと思われ、叱られるのはいつも松蔵だった。「おれじゃねえよ」と言っても、「女を虐めるもんでねえ」とますます叱られる。黙るほかなかった。すると菊はけろっと機嫌が直り、また笑い声をあげて遊びだした。女はずるい、男はそんすると思ったものだ。

すっかり機嫌を直した菊が可愛らしく、松蔵は父親になった気分になって菊の背中を軽く叩いた。

しかし、この縁談は確かに二度とない良縁に思われる。惣太郎が本人に会って人柄を確かめたのだから何も言うことはないのだが、放っておけない。寄り合い仲間や五人組世話役仲間にその手代についての噂を、菊には内緒で訊いてみることにした。

「何も心配ねえから、おれに任せてそろそろ帰れ。他人《ひと》に異《え》なふうに疑われては、菊もおれも難儀すっから」

松蔵は帰宅するとすぐ蚕室に入って繭作りの様子を調べ、繭の収穫、繭からのゴミ払い、上繭と並繭のしわけを姉こに言いつけ、集繭人には二日後来るようにと使いを出した。

その翌日だった。烏帽子屋から使いが来た。菊のことかと思って身構えたら、江戸の役人がこの赤湯村を通るというのだ。江戸にも名を知られた赤湯温泉だから烏帽子屋に泊まって湯に浸かるに違いない。もてなしに粗相があってはならないから、手伝いの姉こを出してもらいたいという。姉こが二人もいる嵐田家としては協力をしないわけにはいかない。古株の姉こを出したいとゑ以に言うと、どうせ下働きさせられるのだから年季の入った姉こを出すわけにはいかない。若い方を出せという。些細なことだが、ことさらな嫌がらせに感じる。もし粗相があったら取り返しがつかないから古株の方をと言ってはみたが、言い出したらますます意地になる姑だ。明日は集繭人が来る日だ。姉この糸繰りは止めにした。

この日は、それだけではなかった。養蚕仲間から寄り合いの報せが来た。さらに続いて五人組世話人の寄り合いに出るようにという報せが来た。重なるときは重なるものだと、急いで養蚕仲間の寄り合いに出かけると、養蚕について何か尋ねられるかもしれない、それに備えて稚蚕（一齢から三齢の蚕）を病気で死なせたりコシャリやスキ蚕を出したりしない松蔵が江戸役人の案内役にふさわしい、と言う。辞退などできない雰囲気だ。

続いて五人組の世話役寄り合いへ行くと、江戸役人の案内途中に不心得者を出さないように心配りをする手はずの打ち合わせだった。江戸役人は徳川の旗本かなんかだから威張り腐っていて、その前を横切ったりすればどうなるか知れたものではない。しかし、子供は道に出すなと繰り返し言っても耳に入らない者がいるかもしれない。ふと松蔵は思った。ゑ以の実家は礼儀作法どころではないほどの貧農だというから、このような手合いと同じような家だったかもしれない。

とにかく世話人達は不祥事に備えなければならない。松蔵は集繭人のところに出かけ、二日遅らせてもらうように頼んだ。

江戸役人案内役も繭の出荷も無事に済んでまずはほっとして松蔵が家に入ると、茶の間に見たことのないあぐらをかいた男がいた。繭出しの軽い祝いをしたい気分を江戸役人通過で壊されたところへの邪魔者だ。思わず、かっ、とする気持ちを抑え、「どちら様で」と、ゑ以の横座に腰を下ろした。ゑ以は顔をこわばらせている。ハナはいない。裏部屋にでも隠れているのだろう。男は松蔵をじろりと睨み、「この糞婆《ばばあ》、今夜一晩泊めてもらいたいと頼んでいるのに木で鼻括って旅籠に行けと言ってきかねえ。旅籠に泊まる銭があればこんな汚い家に泊めろなんて言わねえ。お前、この家の主か。一晩泊めろ」。

松蔵は爆発した。抑えることができなかった。

「外さ出ろ」

松蔵はいきなり立ち上がった。その激しい形相《ぎょうそう》に男は怯んだ。

「待て。俺は一晩……」

「うるせえ。この野郎」

松蔵は立ち上がろうとする男の顎を蹴り上げた。

「うっ」

蝦蟇《がま》がひっくり返ったような格好にのけぞった。その腹を踏みつけようとしたとき、「ま、待ってくれ」と男は土間に転げ落ち、外へ出ようとするところを上がり框《かまち》から下りてさらに蹴った。蹴られた所が悪かったのか、腹を抱えて悶絶した。奉公人はもう帰宅してしまっている。まだ帰らずにいた姉この一人に、「隣の家さ行って五人組の男衆に集まってもらうように頼んでこい」と怒鳴った。

何事かと男達が集まってきた。後ろに女達も集まってきている。

「水、顔さぶっかけろ」

松蔵が怒鳴った。そして人々に事情を説明しているうちに気持ちが落ち着いてきた。集まってきた親父達の一人が「縄ねえか。縛って肝煎《きもいり》（庄屋、名主）様さ担いでいくべ」と言った。荒縄を見つけて男達が、三人がかりで縛り上げ、腰に差していた刀を抜き取った。押し入り男はようやく意識を取り戻した。

縛り上げられたまま男は引きずられるようにして肝煎の家に連れ込まれた。広い庭を前にした広縁に肝煎は出てきて横に刀を置きあぐらをかいた。五、六人の若衆に囲まれた押し入り男もあぐらをかいた。問われて杉山権兵衛と名乗った。食い詰めて越後から流れてきたという。赤湯村までの道中、ゆすり、たかり、追いはぎをやってきたのに違いない。肝煎は米沢まで護送することにして、杉山を納屋の柱に縛り付け一夜を過ごすことにした。

松蔵は幼いとき、やんちゃではあったが人を蹴ったり、これほど怒鳴りつけたりしたことはなかった。この日息つく暇がなかった上に、逆上した疲れで床に就くとたちまち眠りに落ちた。

九月、秋蚕の繭量は予定通りになり、今年の養蚕は終わった。奉公人も、姉こたちも十月からは来ない。気抜けした気分で松蔵は夕食後の白湯《さゆ》を飲みながら言った。

「おら家《え》（我が家）の出来もまあまあだけど、稲作もまあまあらしい。飢饉はなんとか終わったようだな」

蚕室の片付け、掃除をしているとき、松蔵は実家を思い出していた。今頃、宮内の田んぼもそろそろ見渡す限り刈田になるだろう。

幼い頃はイナゴ捕りをしたものだ。捕まえようと止まっているイナゴに近づくと、イナゴはくるりと葉の陰に隠れる。そっと畦を歩いて横へ回ると、イナゴはまたすっと葉の裏に隠れる。だからなかなか捕まえられない。ところが菊は、さっと捕る。畦に集まって捕獲量を比べると、菊が断然多いのだ。そして、松蔵はいつも一番少なかった。

刈り取りの後は、晴れれば庭先で脱穀し、終わると土臼で籾《もみ》摺りし、杵搗《つ》きで精米。婿に入る以前の日々のことだ。砕け米が多くならないように真剣な目つきで土臼を挽《ひ》く父親の姿が目に浮かぶ。風のある日は玄米を箕《み》に入れて放り上げ風で藁くずや籾殻を飛ばし、俵に詰めた米を年貢分と自家用に分けて積み上げる。天領での年貢は五割らしいが、上杉領では六割だ。鷹山公様にはあちこちに堰を作ってもらって日照りでない限り水不足はなくなったのだから仕方ないと父親は言っていたものだ。松蔵は婿になるまで精一杯手伝ったものだ。自分の家の分が片付くと、兄と二人で大農家に出かけ、籾摺りや精米の手伝いをして手間賃を稼いだものだが今はどうだろう。
松蔵が桑畑で鋤《すき》（シャベル）や鍬《くわ》を無心に振るっているとき、ふと、惣太郎が頭に浮かび、忘れていた菊のことが思い出された。

菊を嫁に欲しいと言った烏帽子屋の手代についての噂は良くなかったのだ。気に入った女に嫁に来てくれと言ってつぎつぎに手を出し、籍に入れずに捨てる。肝煎に仲裁を頼むような争いになったこともあったという。惣太郎にそのことを知らせなければならない。

嵐田家の夕餉に、ハナとゑ以が捕ったイナゴの甘辛炒りが出るようになった。庭の畑で、松蔵が育てた高菜が急に大きくなり始めている。空を覆うように飛んでいたアキアカネの数がずいぶん減っていた。

惣太郎は松蔵の話を聞いて烏帽子屋の手代との縁談を断った。

菊は烏帽子屋で素知らぬ振りして働いているとは思うけど、居心地が悪いだろうなあ。実家に戻れば出戻り女で邪魔者だろうし。松蔵は思いついた。

離婚のことも正直に話して嵐田家の姉こになってもらったらどうだろう。養蚕の手伝いをすれば忙しくて肩身の狭い思いをする余裕などない。おれにとっては、蚕種紙の数を増やせるし、もし器用なら売り物になる絹糸を紡いでもらえるじゃないか。どうしてもっと早く思いつかなかったんだ、おれは。われながらのろまだ。

舅の勘七は盆栽、謡《うたい》、菊育てなどに凝っていて、ゑ以と茶飲みしているところを見たことがない。互いに用済みなのだろう。養蚕期には通いの姉こが家事もしてくれるから、ハナは長いことかかって髪を結う。なんであんなに時がかかるのか分からない。三味線を弾いたり短歌《うた》を作ったり、猫を膝に乗せたり、よく退屈しないものだ。婿のおれにだけでなく、父親にさえ、客でも来なければ茶を出さない。姑のゑ以はどんな教育をしたんだろう。若い菊がお茶出しでもすれば勘七は喜ぶはずだ。

松蔵は菊の雇い入れを勘七に申し出た。

「そういう女《おなご》か。いかんべ（いいだろう）」

勘七は松蔵の説明を聞いて菊の雇用を承知した。ゑ以も、「手当出しても儲かんのならばええ（いい）」と言った。

菊が一里以上もある宮内から通うのは難儀だ。嵐田の家は大きく、裏部屋が二つも空いている。その一つに寝起きさせることにした。

惣太郎が島田髷に結った菊を連れて挨拶に来た。まだ二十一歳、島田髷が似合う。出戻りとは誰にも見えない。

勘七はたちまち菊が気に入って、何かにつけて菊を呼ぶ。

奉公人と菊以外の姉こ達は来年の四月まで来ない。お蚕様のいない間、菊の仕事は家事手伝いだ。

自分が婿入りしたばかりの頃を思い出し、気遣ってやるつもりだったが、菊は暗いうちに起きて、朝食の準備を始める。さすがに嫁の経験がある。おぼこ娘とは違うと松蔵は感心した。

ゑ以が起きてくると、菊はすぐに布団を上げに来て、部屋の掃除、仏壇の掃除。爽やかな朝風が家の中を通り過ぎる。ハナは仏壇に茶を供えると庭を散歩したり、居間で猫を抱いたり。朝餉の席で勘七が菊に、「お前《め》も一緒に食え」と言ったが、「後で戴きますっす」と、飯櫃の横に座り給仕をする菊は、半幅帯に襷《たすき》、たつけ（裁っ着け袴）に着けた前垂れ、梳《と》かしつけた髪の幾筋かが白い項《うなじ》にかかっている。離縁になったその婚家先と烏帽子屋で厳しく躾けられたのだろう。松蔵には菊が哀れに見えた。

ゑ以の指図で、かて飯《めし》（雑穀や菜などが入った飯）が多く、一汁一菜。その一菜は梅干しか味噌漬け。「食事《おまま》のときは喋《しゃべ》るもんでねえ」というのがこのあたりの習慣で、広い台所で聞こえるのは噛む音だけだ。これが養蚕期に入り、お蚕様が三齢に入る頃になると、桑の葉を噛む音が蚕室からシュワ、シュワと賑やかになる。

雪国の山は大急ぎで紅葉し、散りつくす。縄に数珠つなぎになった柿が縄のれんのように軒下に吊るされ、夕日を浴びると赤々と美しい。出来上がった干し柿の少しを

梅干し壷から紫蘇の葉を取り出して包み梅汁に漬け込む家も少なくない。ゑ以も作る。杉や松と、葉を落とした木々の山に雪がうっすらと積もる頃には、どの家でも雪囲いが終わっている。

松蔵は烏帽子屋の前を通りかかって、この立派な旅籠の中庭に立つ手入れの行き届いた松の雪吊りも終わっただろうと思った。そして、幼い頃、惣太郎の父親が広い前庭に立つ松の雪吊りをしているのを見物していたものだ。その父親が病床かあ。過ぎた月日を考えると菊が一人前の女になったわけだ。そんな追憶が湧いてきたが、それに浸っている暇はない。

年の暮れになって、手が切れるほどに冷たい細い流れで大根を洗う姉さ被りの女達の姿を見るようになった。どの家でも男は洗い上がった大根を縄で繋いで梯子を使い軒下に吊るす。

嵐田家では菊が洗った高菜をゑ以が物干しに吊るし、ハナが手伝おうとすると、邪魔だからそっちへ行ってろと言う。大根は松蔵が軒下に吊るす。三日程度干した高菜をハナに運ばせ大きな樽に漬け込むのはゑ以だ。力強く真っ直ぐだった大根が黄色みを帯びてしなってくると漬け込み時だ。萎び具合で大根漬けの歯切れが違う。毎年合わせて十樽も漬け込む。米糠に柿の皮をまぜて漬け込む家が多いのは赤湯村と宮内村が干し柿の里だからかもしれない。高菜漬けも大根漬けも塩加減がその家の味だ。

年も押し詰まってきた。ゑ以の菊を追いたてるような声が一日中響く。松蔵は寝るまで黙々と仕事をする。台所や天井裏の煤払いは松蔵、障子の張り替えは勘七だ。特に、部屋を囲む廊下の戸は、腰高の板戸で上半分は光を入れるため障子だ。雨や埃で茶色くなり、破れたところに貼り重ねた紙が剥がれかかったりしている。張り替え終われば元旦を迎える気分になる。勘七の障子張りはなかなかの腕前だ。

いよいよ大晦日。街中《まちなか》を綿入れの上に上っ張《うわっぱ》り（外套）を纏い雪頭巾を被った人が凍り付いた道を足早に行き来する。一年分の支払いや、集金に急いでいるのだ。顔見知りでも、軽く挨拶して立ち止まらずにすれ違う。松蔵も支払いに歩き回った。

家では、ハナが文机に大帳（売掛帳）と筆、硯を置いて支払いに来た人から「ご苦労さまでしたなっす」と言って金子《きんす》を受け取り、記帳してゐ以に渡す。ゐ以はそれを茶箪笥の引き出しに入れる。ゐ以は読み書きができないらしい。精算が終わった人にハナは、「何もねえけどゆっくりしてっておこやい」と声を掛け、菊が愛想良く台所の囲炉裏端に案内して汁粉餅を馳走する。それをそそくさと食べ、「ご馳走《ごっつぉう》さま。来年も宜しくな」と言って出て行く。

ゐ以と親しい人だと、「菊、漬け物出せ」と言って、「まだおそ漬かり（浅漬かり）だけど、ちっと、味見してけねか」と声を掛ける。それを掌に一箸載せ口に入れ、「あらら、うめ（うまい）こと、おゐ以さは漬け物上手《じょん》だもな」という。「んだか。しっかり漬かれば、いまっと美味くなんな（なるのだ）だけどな」とゐ以は嬉しがる。

銭を納めて、ほっとした顔の人、なんとなく仏頂面の人、様々だ。

菊は実家へ帰っていった。

物売りの店屋や医者などの家では、提灯を持ってやって来る支払いの客が亥の刻（夜十時前後）までひっきりなしのはずだが、養蚕の嵐田家に支払いに来る人は少ない。

松蔵は昨日から始めた煤払い、家の周囲や物置の片付けを終えると夕方だった。ゑい以とハナが糯米《もちごめ》を蒸かしている。松蔵が木臼の中を洗い終わって、台所に上がる土間に、うっ、と腹に力を入れて運び入れた。搗《つ》くのは松蔵で、餅返しはゑい以だ。

搗きあがった餅をハナが、熱っ、熱っ、と言いながらちぎって丸め、踏み台に乗って神棚へ供え、続いて椀にちぎって入れる。勘七と松蔵は、持てば下に伸びてちぎれ落ちそうになる餅を一塊のまま臼から、それっ、と米粉を敷いた板に移した。松蔵が四角に伸ばした。元日の朝に切るのだ。

囲炉裏を囲んで年越しの夕餉だ。搗きたての餅の入った椀に、ハナが好みを聞いて納豆、下ろし大根、餡などを入れて渡す。ゑい以は酒を勘七の盃に酌んだ。

子供がいないから静かな年越しだ。近所の家々では、居間へ追い立てられた子供達が炬燵に足を入れ、餅のできあがりを今か今かと待っているはずだ。

「今年も、何もなくてえかった（良かった）な」

勘七が言うと、みな軽く頭を下げてから膝に揃えていた手を椀にのばした。外は雪降りだ。もう、根雪だ。積もった雪と板囲いで、子供が大勢いる家からさえも音が聞こえてこない。松蔵は今年一年の仕事が終わって、やっとほっとしていた。


年が明けた。

一家四人それぞれに着飾って、灯明が点された神棚に柏手《かしわで》を打った。烏帽子山の神社へ初詣に行く家もあるけれど、嵐田の者たちは外へ出ない。順々に仏壇の小さな鐘を鳴らして手を合わせ、台所の囲炉裏を囲む席につく。松蔵が起床したときに囲炉裏の火を熾《おこ》し薪をくべておいたから、天井板のない台所でもさほど寒くはない。全員が正座すると勘七が、「おめでてえなっし。今年も頑張るべ」と言い終わって、ゐ、以が勘七の盃に酒を注いだ。

雑煮、餡餅を松蔵は一口、二口食べると、陰の部屋へ立っていって紋付きの羽織を着て出て行った。年始回りだ。ハナはゑ以と話し続けていた。

勘七は客間へ立っていって火鉢の炭を動かし、火力を強くした。ハナが徳利、盃、小丼に入れた漬け物や煮物を座卓に運んだ。

十人組の仲間や勘七と昵懇の隠居が年始の挨拶にやってくると、客間で賑やかに年始の宴になった。謡仲間などが来ると、謡の競演だ。

「酒持ってこい」

勘七の声で、ハナが囲炉裏の五徳（鍋を載せるため炭の上に置く足つき鉄輪）に載せた湯鍋から徳利を持って行き、話に入り愛嬌を振りまいている。

夕方になって、松蔵が振る舞い酒に少しふらつきながら戻って来る頃、遠慮のいらない客が、「上がっておこやい（お上がりください）」と言われる前に台所の囲炉裏端にあぐらをかき、餅と正月料理を突《つっ》きながら酒だ。ゑ以は座敷でハナと雑談を楽しんでいる。

ゑ以の姑仲間がやって来るのは三日の頃で、酒、餅、煮物、漬け物で話に花が咲く。菊のいない四日間を勘七は待ちきれず、帰りが遅いと言っていらだっていたが、菊が戻ってきたとたんに機嫌が直った。

正月も十日が過ぎると客は来なくなった。

暇さえあれば松蔵は農家から譲って貰った稲藁で藁仕事に打ち込まなければならない。縄、草履、草鞋《わらじ》、藁深沓《ふかぐつ》、はけご（手提げ藁籠）、筵《むしろ》、藁茣蓙《ござ》、箕《みの》など一年分を作る。家族分全部と、藁を譲って貰ったお返しの分を作り終わるのは三月に入ってからになる。

思いがけなく、菊ははけご作りがうまかった。持ち手の紐を藁と布とで綯《な》ってくれる。雪道を歩く藁深沓は一日履くとすぐ囲炉裏端に置き乾かさなければならないが、藁深沓の傷みやすい上端、藁の切り口を布切れで覆うことと、草履の布鼻緒も頼まないのに菊がやってくれた。

台所横の土間で茣蓙を二枚重ねに敷き、藁束を横に二人は黙々と作業をしていると、松蔵は夫婦で仕事しているような気分になるのだった。「疲っちゃべ。そげに根詰めねで、さあ、一息つけ」などと茶を淹れてくれる者はいない。

小正月。米粉で作った団子を小豆色に輝く数本の細い「団子の木」にたくさん刺して、その重みで柳の細枝のように枝垂《しだ》れるのを神棚の両脇に飾り、「豊作」と「無病息災」を祈った。菊も最後に祈った。「団子の木」は松蔵が雪の山に入って切ってきたミズキの細枝だ。この行事は宮内村と同じだから、菊は「団子の木」作りに慣れていた。

二月になって初午の日は、嵐田家には大切な日だ。「団子の木」の団子に代わって繭を使う「繭玉の木」を作って神棚に飾るのだ。繭の豊作を祈るための仕来《しきた》りで、この日のため前夜に松蔵は餅を搗いた。

春が近くなって、松蔵は蚕座、蚕網、藁座、竹蚕座、藁製蔟《まぶし》などの道具、さらに桑葉入れの籠を作り始めた。

桑切包丁を研いでいると、出入り口の方から怒鳴り声が聞こえた。何事かと走り出てみると、烏帽子屋の元手代が入り口の土間に立っていて、ゑ以が囲炉裏を前に顔をこわばらせている。離れて立っていた菊に目顔で隠れていろと合図し、仁王立ちになって元手代を見下ろした。

「おらの嫁を出せ」

そうとう酔っている。松蔵は大声で怒鳴った。

「お前《め》の嫁などここにいねえ。気でも狂ったか」

「今居たでねえか。菊はおらの嫁だ。菊の実家で嫁にくれると約束したんだ」

「でたらめ言うな。あっちゃ、こっちゃで、そげなでたらめ言って回って。さっ、さっさと出て行け。この酔いどれ野郎《やろ》め」

土間にあぐらをかいてしまった元手代を雪が厚く踏み固められている道にずるずる引きずり出した。

「今度難くせつけて来たら、ただじゃ置かねえぞ」
松蔵は念のため蹴飛ばして痛めつけてやろうかと思ったが、止めて家に入った。
この冬、屋根の雪下ろしは三回で済んだ。

積もった雪が踏み固められて軒の高さまでにもなった道が、日増しに低くなって、樹木の根を囲むように土が見え始めると厠《かわや》の周囲の雪を除け、屎尿《しにょう》溜めから肥桶に汲み上げ桑畑に運ばなければならない。雪の軟らかくなった道を、肥桶を天秤棒に下げて一里も運ぶのは大変な力仕事で、これは奉公人に頼む。軽い肥やしがないものか、と百姓たちもみな思っているのだ。

正月でさえ松蔵の頭から蚕のことが離れることはなかった。春蚕のための準備に落ち度がないか、どう給桑するか、少な過ぎず、多過ぎずというのがなかなか分からない。昼にいったん桑を取り出して昼休みさせるという話も聞いたことがある。人だって一日中食べているわけではない。

お蚕様が眠《みん》（脱皮）に入る前はもの凄く食べる。そのときいくらでも多く与えればいいのか。鯉屋の親父は、鯉には程よい量の餌をやらないと死んでしまうことがあると言っていた。お蚕様の場合はどうなのだろう。お蚕様は山の自然にいるときは木についている葉を食べているはずだ。落ちた葉を食べないだろう。桑は枝ごと与えた方が良いかもしれない。養蚕を始めて五年目になったが分からないことだらけだ。菊が来てくれたのだから、今年はいろいろやってみて、松蔵流の給桑法、養蚕法を定めたい。

四月に入って蚕室の掃除を菊に手伝わせた。綺麗な水で絞った雑巾で棚や柱、蚕具を何度も拭き、焼酎で濡らした布でまた拭く。誰かに聞いた養蚕法だ。蚕棚を増やし、煙抜きの窓を確かめているときなど、蚕室に二人きりになるが仕事に夢中で互いに無言だ。そんな最中でも、勘七は菊を呼びに来る。菊は、はい、と返事して嫌な顔を見せずに蚕室を出て行き、風呂場で手を洗う音が聞こえてくるのだった。

手を煤で真っ黒にし、顔にも煤をつけた菊を見ていると、松蔵はこんなに素直で働き者なのだから良い縁談を見つけてやらねばと心底思った。

とにかくいつまでもこの家《え》の姉こにしておくわけにはいかねえ。年も変わったことだし、あらためて嫁に行く気になってくれねえものだべか。そんな松蔵の心も知らぬげに、菊は戻ってきてすぐ仕事の続きをする。

この正月、若者から年寄りまでいろんな男衆の話を聞き、癖を見、性格を見ている し、松蔵がその男達の日頃の有りようを語って聞かせたりしたから、男を見る目が肥えたはずだ。再婚の話を何かの折にさりげなく持ち出してみなければならない。考えているうちに、もし菊がおれの嫁だったらという、現実にはあり得ない空想が、またしても甦ったのだった。

おれは気に入った女《おなご》を嫁にすることができねえ。田を持っていねえし、寺子屋に通っただけで学もねえ。んだけど、跡を取った兄《あに》やさと違って自由だ。おれは今、婿養子ではねく（なく）、ただの婿だ。嵐田の跡継ぎはおれでねえ。ハナだ。ゑ以やハナがその気になればおれを追い出すことが出来る。しかしだ、おれは自分から出て行くこともできる。婿の仕事は稼ぐことと子を作らせることだ。種付け馬のようなもんだ。それが前世からの定めなら、精一杯のことをして、これが松蔵の仕事だと、家の中の者にも、外の者にも見せつけてやる。今のところハナに身ごもる気配がないが。ゑ以などは陰で「婿の種が悪いなだべ」と言っているはずだが、これはどうにもならない。

養蚕に詳しい学者が米沢から宮内村に来るという。肝煎の下で働く差配が松蔵に教えてくれた。とにかく行ってみよう。

会場は熊野神社の鳥居の場に近い修験者の大きな屋敷の広間だ。二十人ぐらい集まっている。何人か旧知の男もいた。

学者の話は、とにかく蚕室はよく掃除し、掃き立てから二齢までは室温と湿り気を高くし、三齢以降は風通しを良くする。煙を避けるため室温を上げるときは真っ赤に熾した炭を使う。

すべて松蔵がやってきたことではないか。給桑については当たり前のことしか言わなかった。せっかく仕事を休んで来たのにと気落ちはしたが、講話の部屋を出るとき受講者の雑談が耳にはいった。掃き立てのときから涼しくしていた、上蔟まで囲炉裏でぼんぼん燃やして蚕室を暖かくしていた、などという。おれはお蚕様育てを赤児育てと同じに考えていた。「んだて、オコサマって言うではねえか」。生まれてから一年経つまでは、母親は赤児を胸に抱いたり背に負ぶったり、いつも温《あった》かくしているではないか。三歳ぐらいになると外で遊ばせる。掃き立てから上蔟まで、同じように気配りしてきたのだ。

赤湯に帰り着く頃には、おれのやり方は間違っていなかったと自信が出てきた。あの程度の話でも役立つんなら、おれや養蚕に熱心な男何人かで、女仕事で養蚕をしている人々に、気をつけなければならないことを話したら役に立つだろう。稲作農家も質の良い繭を少しでも多く作ったら、稼ぎが増えるはずだ。

松蔵は早速養蚕仲間の主立った者に話しかけてみた。それでなくても忙しいのに他人の面倒までは見ていられないという意見が多かった。

春蚕の掃き立てが近づくと、見知らぬ男が「養蚕のこつを教《おし》ぇてもらえねか」と松蔵を訪ねてきた。作兵衛という稲作農家だった。菊もそばに置いて丁寧に説明すると、喜んで帰って行ったが、翌日また見知らぬ女が来た。久兵衛の嫁だという。

「作兵衛さから聞いてきたけれど、お蚕様がみな死んだり、スキ蚕が多かったりで困ってるもんで、お蚕様育てのこつを教ぇてもらえねえか」という。

松蔵はまた菊を呼んで一緒に説明を聞かせた。

松蔵は、菊が来るようになって考えていたことを、やってみようと決心した。春、夏、初秋、晩秋と一年に四回の養蚕に挑戦するのだ。同時に給桑法も工夫する。一人ではとても手が回らないことだが、菊に手伝ってもらえる。掃き立ては五月初旬、六月下旬、七月下旬、九月初旬だ。最後の出荷は十月に入る。桑の葉の量はなんとか間に合うはずだ。失敗したらどうなる。奉公人にも姉こたちにも、従来通りの手当が出せなくなるかもしれない。心を引き締めて掃き立てから出荷までの日割りを書き留め、そして一か八《ばち》かと思う計画と覚悟を菊に話して聞かせた。菊は黙って聞いてくれた。

春蚕の掃き立てを五月五日に定めた。五月は冷え込むことが一度や二度はある。部屋の目張りを落ち度なくして蚕火鉢を二つ置き、蒸気を立てる湯鍋を載せた。囲炉裏の自在鉤に水をたっぷり入れた鉄瓶を下げた。菊に囲炉裏で炭を真っ赤に熾させ、蚕火鉢へ運ばせることにした。準備万端が整ったある日、作兵衛がまたやって来た。

「やっぱり心配《しんぺい》だ。おら家《え》さ来て面倒見てけねか」という。菊を連れて出かけた。

蚕室を手落ちなく点検してから、掃き立ては菊がやってみせることにして、その日を松蔵の掃き立て後二日目に決めた。

菊を連れて作兵衛の家へ行った。今日は菊に掃き立てをさせるが、何か相談事が出たら菊に言ってくれ。すぐおれが来ると言い、菊の掃き立てを見守った。

その帰り道、菊に買い物をさせ松蔵は一足先に菊との「逢い引き」に使った商人宿のいつもの部屋に入った。菊が遅れて入ってきた。久しぶりにのびのびと心も躰もほぐれた松蔵は菊を労《ねぎら》った。

「気にしていたんだけどな、あげに働いて、嫌《やん》だくなったんでねえか」

「そげなこと、ちょぴっともねえよ、松蔵さ。有り難く思ってるなだ。お蚕様の世話、面白《おもしぇ》くてよ。正直いうとな、烏帽子屋では意地悪されたわけではねえけどな、おれにはどうも合わねかったんだっす。んだからて（だからといって）、実家に戻れば義姉《あね》様《さま》（兄の妻）が面白《おもしぇ》くねえべ。松蔵さと一緒に仕事してっとな、知《し》やねかったことといろいろ教えてもらえるべ。それが嬉しくてよ」

「おれは、おらだの（おれたちの）お蚕様から目が離せねえから、作兵衛さのところさはお菊さに行ってもらうけどな、親切に教えてやってけろな。初めてのことは誰だって心配なもんだ」

「おれでよければ、なんぼでも（いくらでも）」

松蔵は芋煮を口に運んだ。盃を手に取ると菊が徳利を持った。「いい、いい。今日はお前《め》を労《ねぎら》っていんのだから自分で注《つ》ぐ」

松蔵は障子を開けて出窓に盃と徳利を持って腰掛けた。菊も料理を一箸口に運ぶと出窓に松蔵と向かい合って腰掛けた。

言おうか言うまいか、松蔵は庭に視線を向けて逡巡していたが、意を決した。

「お菊さ。お前《め》、いつまでも独り身っていうわけにもいかねべ。それが気がかりでな」

庭から視線を菊に移した松蔵は、黒く大きな菊の瞳と出会った。

「心配しておこやんのは有り難いけど……」

「いや、今縁談があるわけではねえのだ、ただ、お前《め》の先のことが心配でな」

菊は目を伏せた。

「いやな、嫁入り先を探したらいいもんだかと思ってな。お菊はひでえ目にあってっから、もごさくて（可哀想で）な」

ずいぶん間を置いて菊が言った。

「もうしばらく松蔵さのそばで仕事させてもらえねべか。おれ行くとこねえもの」

松蔵をまじまじと見る目から涙がこぼれそうだ。

菊が幼い頃、突然涙を浮かべたかとおもうと、わっ、と大声で泣き出し、「松蔵、菊を虐めてはだめだって何度教ぇたらわかんのだ」と叱られたことを思い出した。

「勘違いすんな、お菊。おれだってお前《め》といつまでも一緒に仕事をしてえのだ。いつまでもそばにいてもらいてえのだ。んだけど、おれの都合でお前《め》の一生をダメにするわけにいかねべ」

菊が席に戻って、畳んで横に置いていた前垂れで涙を拭った。

「おれ、松蔵さと一緒に仕事できれば、それでええのだ。嫁に行かなくてええのだ、行きたくねえのだ」

鼻が詰まった声だ。松蔵はどう返事して良いのか分からない。部屋がしんとして、そして、胸に深くに固く小さく畳んでいた思いが広がってきた。

自分に所帯を持つ力があれば、力尽くでもお菊を嫁にする。毎日なんぼ（どれだけ）楽しいんだか。おぼこだってすぐ生《な》して（生んで）くれんべ。お菊に似ためんごい女《おなご》児《こ》と、おれに似た男っ児。赤湯で菊に出会ったときから、自然に湧いてくるこの思いだ。

松蔵は盃に酒を注いで、さっと飲み干し現実に戻った。

「分かった。もうこの話は二度としねえ。堪忍してけろ。さっ、料理食って帰んべ」

機嫌の直った菊を先に帰し、松蔵はゆっくり家へ歩いていると、おれもお菊も、もうおぼこでねえものなあと思い、そして嵐田の家へ戻りたくない気持ちでいると、そうか、おれはお菊を虐めたことがなかったわけではないなあと思いだした。

まだ母親が健在のときだったから九歳ぐらいだっただろうか、子供の間で囃子文句がはやっていた。どこかで聞き覚えたその文句をさっそく菊を相手に言ったのだった。

「お菊う」

「はーい」

「ハイと蛤長の助、朝から晩までだら（下肥）担ぎ」

意味はわからなくてもからかわれたと分かったらしい。

「松《まつ》ちゃがいじめたー」と大声で泣き出し、顔を涙と鼻汁でべちゃべちゃにした。あわてて泣くのを止めさせようと、「ウンとうぬ（汝）尻《けつ》、ごまけっつ……」と言いながら手振り身振りで踊り出したら、さらに激しく泣かれ、通りがかったどこかの母親に、「女童《おなごわらし》を泣かすもんでね。どこの童《わらし》だ、ろくでなし」と拳を振り上げられ首をすくめると、たちまち菊は泣き止んだのだ。すぐ泣き止むんだったら、初めから泣くな。菊は扱いにくいと思ったものだ。

しかし、逆のこともあった。豆腐買いに行った帰りに菊と出会った。「持たせてけろ、持たせてけろ」と、豆腐を入れた手鍋を持とうとする。あまりうるさいので持たせたら転んでしまって、豆腐は地面にぐちゃっと潰れたのだった。泣いたのは菊で、さんざん叱られたのは松蔵だった。

二、帆を上げて

もうだめかと思っていたハナが、五月に入って身ごもった。勘七とゑ以の喜びようといったらなかった。松蔵は何か肩の荷を下ろした気がしたが、複雑な気分でもあった。今年も身ごもらなければ、種が悪いからと言って、教養の乏しいゑ以は松蔵を追い出し、新たに婿を入れかねない性分だ。そうなったら菊と一緒に養蚕の技術で食べて行こう。そんなことを想像したりしていたので、半分他人事のようにも思えて、さほど嬉しいとは思わなかった。

冬の内の準備から十月まで、初めて試みた一年四回の養蚕はなんとか成功した。繭の収穫になるとどの養蚕の家でも喜びが溢れるものだが、わけても四回目晩秋蚕の収穫にこの雪積もる村で成功して、松蔵は感慨にふけった。菊も喜んでくれた。

晩秋蚕の蚕種紙数を初秋蚕のときの半分に減らしたのだったが、天気、気温にも恵まれたし、桑枝の刈り方も工夫してお蚕様を飢え死にさせることはなかったのだ。

桑の木を増やすため梅雨どきに桑の枝挿しをしてみな活きついたが、畑を増やせないから、その数はしれたものだ。それに、それが役立つのは早くて三年後からだろう。来年からの蚕種紙の数は、晩秋蚕のときに今年の二倍にする程度で、それ以上はほとんど増やせない。さらに蚕種紙の数を増やすには、無駄にしてしまう桑の葉を少なくする工夫も必要だ。

松蔵が嬉しかったことはもう一つあった。菊に行かせて手ほどきした、作兵衛、久兵衛に続いてもう一人の農家の養蚕も、春蚕、夏蚕、秋蚕、すべて成功したことだ。初めは心配したものだったが、菊はよく指導してくれたと思う。

晩秋蚕の繭出しが終わって数日経ったときだった。勘七に呼ばれた。少し自慢してやろうと行ってみると、ゐ以とハナも並んで正座している。ただならぬ雰囲気だ。松蔵は菊との密会のことだなとすぐ察して、無造作に腰を下ろした。ゐ以が憎々しい顔付きで、唇を震わせながら言った。

「松蔵。お前《め》、菊と逢い引きしたそうでねか。どういうことだ」

松蔵は、「ふん、そげなことに気回している暇に、お蚕様のこと少し考えたらいい。菊ほど気立て良くて、働く女《おなご》はいねえんだから。ハナを見ろ。正月にちっとばかり手伝うだけでねえか」という気持ちが湧いた。

「お父様《おとつあま》と、お母様《おっかさま》、それにハナにも申し上げなかったけど、菊の縁談の話だし、この嵐田の家のことでもねえし、目立たねえところで会ったのだす」

「縁談？」

勘七は意表を突かれ、ゐ以は出鼻を挫かれた。

「菊のような気立てが良《え》くて、器量良しは若い《わけえ》男の目につきますべ。血筋、家柄も悪くねえし。ほれ、去年の春、烏帽子屋の元手代が怒鳴り込んできたべ。とんでもねえことが起こらねえうちに、なんとかいい嫁入り口を探してやんなねべした。気持ちを聞いてみたなだす」

「菊はなんて答えた」

「まだ嫁に行く気はねえと」

「嘘でねえべな」

「嘘でねえっす。なんだったらお菊に聞いてみておこやえ」

「ハナ。この話、信じるか」

ハナは、じっと松蔵を睨んでいる。勘七はゑ以と松蔵のやりとりを黙って聞いていたが、持っていた煙管《きせる》を火鉢の縁に叩いて灰を落とした。松蔵は言った。

「姉こたちは働かせさえすればええというのでは情がなさ過ぎるべ。先のことも考えてやんねとな」

「わかった。それだけのことならそれでええ。ハナ、何か言うことあっか」

ハナの顔はぴくりとも動かない。ハナ、お前《めえ》はちっとはお菊に見習えと、松蔵は胸の内で言った。勘七が話に決着をつけるように言った。

「おぼこが生まれるわけだし、松蔵、しっかり働け。他人《ひと》に疑われるようなこと、金輪際すんな。分かったな」

「はあ。姉こ達のことも考えておこやい」

ゑ以はまだ何か言いたそうだ。ハナの顔は蠟作りのように硬く青白い。言いたいことがあるなら言わせた方が良い。間を置いたが、みな黙っているので、「では、仕事に戻らせてもらいます」と、松蔵は立ち上がり、三人を見下ろして部屋を出た。

おれも菊もこの家に後ろめたいことは何もしていない。ただ、気になるのはゑ以だ。勘七がすっかり菊を気に入っているのが気に入らないのだと思う。年甲斐もなく妬《や》いているように、松蔵には見える。年取って仲が悪い夫婦なんて寂しいもんだ。おれとハナもいずれこのようになるかと松蔵の胸の内は灰色になった。

勘七の部屋を出て一人になると、しだいに気持ちが高ぶってきた。嵐田の家に関係ねえことまで、いちいち言わねばならねえのか。おれは駄馬でもなければ種付け馬でもねえ。この家の者を養っているのはおれだ。

そして、思った。もし、こんなことで菊をいじめるようなことがあればこの家を出る。菊に養蚕を手伝ってもらえば何とか食っていけるはずだ。ハナの子供はどう生まれるか分からない。元気に生まれたら引き取って育てればいい。

しばらくして心が落ち着くと、やりかけの仕事に戻った。菊は蚕室の片付けをてきぱきとやっていた。あと三日もすれば、仕事に一応の切りが付くだろう。また、菊と二人きりで楽しく話したいが、どこがいいだろう。


このことがあってからちょうど五日目だった。菊に用があって呼ぶと返事がない。ハナに訊くと、「知《し》ゃね」と一言だけでそっぽを向いた。そばにいたゑ以に訊いた。

「出て行った」

「出て行った？　どこさ（どこに）」

「知《し》ゃね。もう戻って来《こ》ねえ（来ない）」

松蔵は顔色を変えた。頬がぴくつき出した。

「なして（どうして）だ。なして出て行った。追い出したのか」

「追い出してなどいね（いない）。勝手に出てったなだ」

「んでは、お菊の実家さ言って訳を聞いてくる」

「そげな必要はねえ。勝手に出てった女《おなご》に訳など訊く必要はねえ」

「訊かねば納得できねえ。お菊は来年のお蚕様育てになくてはなんねえのだ。それとも、おハナ。お前《め》菊の代わりができっか。お菊はおれの養蚕になくてはなんねえ女《おなご》だ。その女《おなご》に、おれの知《し》ゃねうちに出ていかれて黙っていられっか。首に縄付けても連れ戻してくる。この家の者を食《か》せるために、おれがどんだけ必死か分かんねえわけあんめえ。おれの教《おし》ぇ方、どこが悪かったか訊いてくる」

「だったら、行け。戻って来ねくていいぞ」

「何？」

松蔵は立ち止まった。ゑ以を睨んだ。

「離縁ということか」

「んだ（そうだ）」

ゑ以はそっぽを向いた。

「離縁だな。間違いねえな」

松蔵は怒鳴りつけるように詰問した。ゑ以は返事をしない。

「おハナ、間違いねえな。離縁だな」

ハナも無表情で松蔵を見上げている。

「間違いねえな」

松蔵は厳しく念を押した。ゑ以が怒鳴り返した。

「間違いねえ。さっさと出てけ」

「わかった。二度と戻らねえ」

松蔵は急に冷静になった。

「んだば、五両戴いていく。今までの稼ぎ賃だ」

松蔵はゑ以が銭を入れておく茶箪笥に行き、引き出しを開けて五両を手にした。

「ほれ、五両だからな。盗んだわけでねえぞ。それとも五両はおれの稼ぎ代に多すぎっか」

「それ持って、さっさと出てけ。二度と面《つら》見せんな」

ゑ以の額に青筋が浮いている。ハナには表情がない。松蔵は裏部屋の箪笥から自分の着物を取り出して風呂敷に包み草鞋を履いた。出しなに言った。

「おぼこが生まれたらおれが育てる。生まれたら知らせろ。もらい乳するから心配《しんぺい》ねえ」

ハナは蒼白な顔で松蔵を睨んだまま、立とうともせず、何も言わなかった。

松蔵は実家に寄らずに真っ直ぐ惣太郎の家に行った。惣太郎は何しに来たという顔付きだ。松蔵は言った。

「おれ、離縁してきた」

「なえ（何）だって」

惣太郎は驚いた。

「さっ、上がれ」

座敷に上がって、松蔵は離縁の事情を話した。

「松蔵さ。おれはお前のことに口を出すつもりはねえが、どうやって食っていく？」

「これから考える。今日、突然のことだからな」

「離婚は一生の大事だ。そげに突然決めることであんめ。頭を冷やしてよく考えた方がええ。今なら間に合う。後で後悔しても始まんねぞ」

「いくら婿でも、男の面目を潰されては出てくるほかねえ。ハナも行かねでくれとは一言も言わねかった。ところでな、惣太郎さ。実家にも寄らねえでここさ真っ直ぐ来たのは、お菊さがなして出て来たか、聞きに来たのだす。もう事は決まったから聞いたからって何も変わんね。んだけど、おれのどこが悪かったのか知りてえのだ。聞くだけで、迷惑はかけねえから」

「菊は今畑さ行ってるから呼んでくる」

惣太郎は松蔵の気迫に押されるように出て行き、菊を連れて来た。菊は俯いたまま松蔵を見ようとしないで座った。

「お菊さ。おれな、離縁してきた。ものの弾みではねえ。お前《め》がいなくて捜したら、ハナは知ゃねと言って、姑に訊いたら、なんと、出てったって言うではねえか。なして（どうして）って訊いたが教ぇてくれなかったから、お菊さに訳を聞いてくると言ったば、離縁だって言われたのよ」松蔵は一気に話して言葉を切って、続けた。

「離縁はしっかりと念を押して決めたことだから、もう、それはええ。んだけど、お蚕様にかけたおれの気持ちを思い出してけろ、な、お菊さ。お前《め》が出て行った訳を知りてえおれの気持ちが分かってもらえんべ。今年は春蚕から晩秋蚕まで四回も繭を作らせた。みなお菊さのお陰だ。いまっと（もっと）頭使えば、お菊さといっしょに知恵を出せば、繭量は必ず増える。村中に年四回のお蚕様育て広めることができるはずだ」

　菊は黙ったままだ。

「それだけじゃねえ。作兵衛さたちも、お菊さに手を取るようにして教ぇてもらって、それは喜んでた。スキ蚕もコシャリも出ねかったからな。お菊さの弟子をもっと増やして赤湯の養蚕を繁昌させせんべと思っていた矢先だったなだ。おれの知《し》ゃねうちにお菊さがいねくなるなんて、許されっか。お菊さには申し訳ねえけど、腹が立ってならねえのだ。おれと一緒に仕事した一年間で、何が気に入らねかったんだ。どうしても知りてえのだ。教ぇてもらえねべか」

　菊は口を開いた。

「おハナさがおれを呼んで、ごしゃいで（怒って）、ごしゃいで、出てけっ、言わっちぇ（言われて）……」

「え」

　松蔵は言葉を失った。

「ごしゃいだ訳は？」

「おれの婿に色目つかったとか、気を引いたとか……」

とたんに松蔵は興奮が冷めてきた。

「ほだ（そうだ）ったのかあ。つまり妬《や》いたなだな。お蚕様のことでねかったのだな。仕事は何一つ出来ねえくせに。妬くことだけは一丁前だ」

すっかり冷めて、松蔵は座り直して畳に手をついた。

「お陰で訳が分かり申した。お菊さと二人だけで会ったのが悪かったなだ。この通り謝っから許しておごやい（ください）」

額を畳につけると立ち上がり、「お忙しいときに、お暇を取らせ申したなっす。惣太郎さ、堪忍しておごやい」。

惣太郎の家を出た。お菊と惣太郎は黙って見送ってくれているようだが、振り返らずすたすたと実家へ歩いた。

松蔵は実家の縁にあぐらをかいて、じっと庭を見つめた。

阿部家の跡を取っている兄要助は松蔵の話を聞き終わると、「ほだ（そうだ）ったのか」と言ったきり、松蔵の離縁のことに何も言わなかった。松蔵はそれが嬉しかった。幼いときから要助は温厚で、黙って人の話を聞き、その人の気持ちを慰める質《たち》だ。

夕食の後、縁にあぐらをかき夜空を見上げていると、月が煌々と輝いている。赤湯の商人宿で菊と初めて会ったときの夜を思いだした。そういえばあの夜は待宵草が咲いていた。初雪が間近になった目の前の庭に、枯れた薄《すすき》が折れ乱れている。

次の日、松蔵は気を取り直した。もう、誰にも頼らねえ。

放置されている桑畑がないか、養蚕農家で手の足りないところがないか、知り合いを頼って聞いて回ったが宮内には見つからなかった。

一日歩き疲れて熊野神社へ上る階段に腰を下ろした。目の前の大銀杏の葉はおおかた散って、枝先に残った何枚かの葉が、散るぞ散るぞと揺れている。

この大木は平安時代に源義家が家臣、鎌倉権五郎景政に植えさせたという言い伝えがある。幹は五人でやっと抱えられる太さだ。この大銀杏の葉が全て落ちると、雪が降るという。太く逞しい幹を見ていると、釘が打たれている。藁人形はなくなっているけれど、丑の刻参りだろう。丑の刻（午前二時頃）に来て、呪い殺したい者の藁人形を作って釘づけにするなんて、なんぼか憎いなだべなあ。丑の刻参りをするのは多分女だろう。誰にどんな恨みがあるのだろう。夫に対する恨みだろうか。金にまつわる恨みだろうか。

松蔵は階段を上って社殿に手を合わせ、下りてくるとき、大鳥居に近い坊に住む顔見知りの修験僧に出会った。

「おう、松《まつ》ちゃでねえか」

「おう、オクマンサマでねか」

熊野神社を宮内村の人々は、おくまんさま、と呼ぶ。出会った修験僧は熊二郎という名の男で、みんなからオクマンサマと呼ばれているのだ。

「お前、いつ赤湯からきた。宮内さ何の用だ」

「おれな、宮内で養蚕始めるつもりなのだ」

「赤湯でお蚕様育てしてたのでねえか」

「出て来たのよはあ。婿は務まんね。おれな、このあたりでお蚕様育てしてえんだけど、桑畑と蚕室にする建物を探してっとこだ。オクマンサマ、お前、知《し》ゃねか」

「分かった。おれ、あちこちさご祈禱に行くから聞いてみんべ。稼ぎ人亡《と》くして困ってっとこあるはずだから探してみんべ。なに、心配すっことね。必ず見つかっから。松《まっ》ちゃ、せっかく一人きりになったんだから羽伸ばしたらどうだ。なあに、実家にちぇっとばかり迷惑かけてみた方がええ。お前《め》はまじめすぎっから気鬱になんぞ」

オクマンサマから連絡があったのは、それから十日と経たないうちだった。砂塚村に一人きりになった老婆がいる。最近突然夫が死んで養蚕が出来なくなった。松蔵のことを話したら、そんなにまじめで良い人なら是非桑畑を任せたいと言っているという。

松蔵はすぐにその家を訪ねた。熊野神社から一里あまりにある慈巌寺に近い家だった。五十を過ぎた後家はトメという名で、どうぞ、どうぞと、家の中に招き入れ、茶を出しながら問わず語りに一人住まいの事情を話し出した。この夏、夫は突然胸を抱えて、医者が来る前に死んでしまった。子供は二人いたが、病《やまい》でつぎつぎと死んで、今は一人きりなのよ、と言って、ちらっと仏壇を振り返った。

話が途切れたところで松蔵は養蚕にかけた気持ちを話した。

「そげな訳で、桑畑を貸して貰いてえのだす。今、おれは借り賃をすぐお納めする金は持ち合わせていねえけど、繭の代金が入ったら、真っ先にお納めし申しますから、どうか貸していただきてえ。もちろん証文はお書きするっす」

トメはしばらく考えていたが、「解り申した。親戚に立ち会って貰うので、もう一度おいでいただけねえべか。そん時に証文を戴きますべ」。

「いいどこでね。請け人（身元保証人）はおれの実の兄でいいかっす」

初対面なのに話はとんとん拍子に進んだ。

宮内に帰る足取りが軽かった。実家に帰るとオクマンサマが来ていて、蚕室にする建物が見つかったという。あとは住むところと、差し当たって必要な蚕具を揃える金の工面だ。

阿部家の菩提寺、光茱院に住職を訪ね、手間賃を戴くために雪降る前の墓掃除をさせてもらえないかと相談した。事情を説明すると、住職は思いがけないことを言った。慈巌寺様のご住職とは昵懇だから、わしの添え状を持って訪ねなさい。墓掃除などの仕事と引き替えに住まわせてもらうように頼みなさいというのだ。

身なり（服装）をただし、添え状を懐に出かけた。住職はすぐに会ってくれた。そして、「分かった。ここに住め」と言ったきりで行ってしまった。あまりに簡単に願いが通って拍子抜けした。

オクマンサマが見つけてくれた蚕室にする家は、大きな農作業の小屋で、今は使っていないという。屋根が高く高窓のついた土間の小屋だった。借り賃はずいぶん安い。あれこれ言っている余裕がない。直ちに証文を入れ、借りることにした。

年末も新年もなく、ひたすら手間賃稼ぎをした。宮内の大きな養蚕家、石田様の下肥《だら》汲みは手間賃が多かったが、ものすごい力仕事だった。厠《かわや》の周囲の雪を除け、二つの肥桶に汲み取ってから、天秤棒の両端に下げて担ぐ。桑畑まで運ぶのだが、雪道がでこぼこで足を取られる。こぼしたら大変だ。ピチャ、ピチャ、滴を跳ね上げながら下肥桶を精一杯揺らさないように歩くのが苦労だ。畑に杓子で撒いてから、また運ぶ。二回往復するのに一日掛かった。さすがに養蚕家の桑畑だ。桑の木がきれいに手入れされている。その手入れの仕方が参考になった。

冬囲いを何軒か引き受け、荷車を持っていない農家の大根の掘り出しも引き受けた。掘り出すのはたいしたことないが、一度に十本も担いで運ぶのが大仕事なのだ。

兄要助に言われた。

「そげに頑張ると躰壊すぞ。おれも力になるから、明日一日休め」

「おれの躰は壊れねえように、お母様《おっかさ》が産んでおこやったから心配ねえ。それより、おれがこげえにしてっと迷惑だべな。飯はただで食わしてもらって。お蚕様育てがうまくいくようになったら、必ず恩返しはさせていただくつもりだ」

年末年始も手間賃稼ぎで過ごした。とうとう雪が消える前に自分が作れない蚕具を買い整えることができた。蚕火鉢も炭も準備した。蚕室小屋に近い農家二軒から藁を恵んでもらって筵《むしろ》を何枚も作り土間に二枚重ねに敷いた。古材を僅かな銭でもとめ蚕棚を作った。草鞋はたちまちすり切れるから、何足も作った。

四月に入り、蚕室が整ってきた頃だった。見知らぬ男が三人来て中を覗き、何も言わずに去った。この村の物好きな者たちなのだ。その後、そのような物好きがときおり覗きに来る。その度に松蔵は笑顔を送った。村の話題になっているらしい。桑畑に行くと、去年の夏から手入れをしていないから、桑の小枝がずいぶん伸びている。春蚕、夏蚕に与える桑の葉には不自由しないだろう。安く仕入れた中古の鋤《すき》と鍬《くわ》で樹間を耕したが、差し当たって肥やしがない。下肥は農家にとって大切だからもらえない。雑草をすき込んだ。

ついに蚕種紙屋へ注文に行く日が来た。お蚕様の面倒見も、桑畑の手入れ、桑枝刈り、桑の葉摘みも、何もかも一人でやらなければならないから、蚕種紙は赤湯にいたときの半分より少し多い程度にした。欲張ってお蚕様を死なせるよりはいい。高いが生種を注文するしかなかった。今年は桑畑と蚕室小屋の借り上げ代を得ればいい。欲張らないことだ。さし当たって衣食住は慈巌寺のお世話になる。墓掃除は朝暗いうちに済ませる。

松蔵がこれから半年の仕事をぼんやりと思っていると、住職がやってきて一緒に飲めという。捨てる神あれば拾う神ありだと松蔵はありがたかった。

「この間光菜院のご住職に会ったとき、お前の噂話をしたんだが、お前本当にお蚕様育てを一人きりでやれんのか」

「はあ、やると決めてかかったもんだから」

「まあ、躰壊さないことだな。なんぼ稼いだって仏さまが喜ぶとは限らないぞ。なんだったらここで修行したっていいんだぞ。ところでお前、釣り好きか」

「大好きよう。ただな、松川など大きい川より田んぼの中の細《ほそ》（小川）で雑っこ（小魚）釣るのが好きだ、おれは」

「なんだ、わしと同じだ」

二人はすっかり雑っこ釣りと、釣った小魚の料理の話に夢中になった。


五月に入った。二日後には蚕種紙が手に入る。手落ちがないか小屋の中を見回していると、入り口に人の気配を感じた。また物好きが覗きに来たのだろう。勝手に覗いてゆけばいい。用があれば声をかけてくるだろう。最後の点検を終わって入り口に向かうと、外から差し込む昼の光がまぶしくて、外に立っているのが誰とは分からないが、通りすがりの覗き見ではないようだ。小屋の外に足を出したとたん、松蔵は金縛りにあった。

立っているのは惣太郎と菊だ。別の世から現れたように思われた。

「お元気そうだなっし」

惣太郎が言った。松蔵は無意識に、まったく無意識に口が動いた。

「ご迷惑おかけし、申し訳なかったっす」

「松蔵さ、いつまでそげなこと言っていやんなだ（言っておられるのだ）。今日来たのは大事な話があってのことだ。中さ入ってもいいかっし」

惣太郎は何も言わない松蔵を押すようにして小屋の中に入った。菊が続いた。床が筵《むしろ》敷きなのにいくらか戸惑ったようだが、惣太郎は腰を下ろした。松蔵はその前に正座した。

「そげに改まんねで、足を崩しておこやい」と言う惣太郎はあぐらをかいている。菊が横座りになった。

「あのなっし。今日来たのはなっし、大事な話があってのことなのだっし」

惣太郎は敬語用の語尾を少し混ぜて、一語一語に力を入れた。

「菊が、どうしても松蔵さを手伝うって聞かねえのだっし。手伝うったて、松蔵さは今必死なのだから迷惑になるだけだとなんぼ聞かせても、言うこと聞かねえもんで連れて来たところなのだ。ほれ、菊。おれが言った通り、松蔵さがどれだけ必死か分かったべ」

菊は小屋の中を見回してから、ずいぶん遠慮がちに言った。

「おれ、嫁にしてけろなんて言ってねえ。そげなことは思っていねけど、松蔵さのお蚕様育て、あげに一所懸命なのを見てたら、誰だって助けたくなんべ。一人きりじゃ、なんぼ（いくら）頑張ったて無理だ。手伝わせもらえねべか。失敗させたくねえのだ、松蔵さに」

惣太郎はじっと菊を見て、松蔵を見て、「松蔵さ、今どこさ住んでいやる」と尋ねた。

「慈厳寺の庫裏《くり》だす」

「慈厳寺？」

「ほだっす。墓掃除する代わりにただで泊めていただいているのだっし」

「頑張るもんだなあ、松蔵さは。菊、分かったか。お前が手伝うったて、宮内からは通えねべした。迷惑するだけだから、諦めるほかねえ」

「おれ、この小屋さ泊めてもらうから心配なえっし。もう一、二枚筵《むしろ》作って貰って寝れば寒くねえし、内側から心張り棒を使えば夜中も心配ねえし」

「菊。バカ言うでねえ。若い女《おなご》がそげなことできっか」

松蔵は顔を伏せた。

「おれ、おハナさにも申し訳ねえって思っていんなだっし。おれも女だから、おハナさがなしであげにごしゃいた（怒った）か分かんのだっし」

菊はどう話そうか逡巡してから続けた。

「おれと松蔵さとは、何もやましいことはねかった。んだけど、松蔵さの心はおれの方さ向いていた。それがおハナさには分かるからごしゃいておられてたのだっし。おれがあの家から出れば、松蔵さとおハナさの間はうまくいくと思って、松蔵さには黙って出たのだっし」

松蔵はハナにそのような妬心があるのではないかと考えたことがあった。だったら、どうしてハナは姑と一緒になって、蔑むような目つきでおれを見ていたのだ。

「朝だよ、起きろ」と言っておきながら、自分はもう一寝入りだ。一度でも「疲っちゃべ」と労《ねぎら》ってくれたことがあったか。やってくれたことは、夜中胸をはだけて(開いて)おれを待っていただけでねえか。茶一杯だって淹れてくれたことがねえ。積もっていたものが頭をもたげてきて、松蔵は顔を上げて菊の顔をじっと見た。菊は顔を伏せた。

「ほだったのかっし(そうだったのですか)。気がつかねえで申し訳なかった。おれは気が利かねからお菊さの気持ち読めねくて。おハナにも可哀想なことしたったたのだな、おれは」

松蔵は言葉を切った。

「よりを戻す気にはとうてえなれねえ」また言葉を切り、一回息をのんで、一気に言った。

「おれの胸の内にはいつだってお菊がいんなだ。それで十分だ。なあ、お菊。おれのことは忘れて、ええとこさ嫁に行け。お前《め》が幸せならおれは満足なのだ。おれを忘れろ。……んだから、お気持ちは有り難てえけど……」

「やんだ（嫌だ）。おれここさ残る」

菊は、わっ、と泣き出し、兄惣太郎の胸に顔を埋めた。惣太郎は菊の背に手を回し、もてあましたようにそっと抱いた。惣太郎もどうしていいか分からないのだ。松蔵が立ち上がって、別れの言葉を言おうとしたとき、惣太郎が言った。

「おれに任せてもらえねべか。このままでは菊が可哀想でなんね。な、菊。今日は松蔵さに会ったのだから、いま一度家さ帰って、お前の気持ちが落ち着いたところで、いま一度お前の気持ちを確かめる。松蔵さ、菊の気持ちを確かめるまで待っててもらえねべか。もし、菊と一緒にならねえと決めていやんのなら、今ここではっきりそう言ってもらいてえ」

「おれがお菊を嫌っているはずがあんめえ」

春蚕の掃き立てが終わり、桑畑の手入れも少しずつ進んでいる。菊の面影がいつも松蔵の前にちらつく。

「この頃無口になったな。疲れが出たなだべ。無理しねえ方がええぞ」

寺に帰ると住職が心配してくれた。おれを心配してくれるのは、住職と桑畑の地主おトメ婆ちゃだけかもしれない。菊は別だが。

間もなくお蚕様が四齢に入る。十日もしないうちに上蔟だ。菊も惣太郎も来ないが、さすがにこの有り様を見て諦めたのだろう。それが良いのだ。それで良いのだ。

夏蚕の蚕種紙を注文に行って帰ってくると、惣太郎と菊が養蚕小屋の中で待っていた。松蔵は、一瞬息が止まった。

「さ、松蔵さ、中さ入って戸たてて（閉めて）けねか」

松蔵は二人の前に正座した。惣太郎は几帳面だから、絶縁を言いにわざわざ来たのだろう。どう言われてもたじろいだりしねえ。それが松蔵、男というもんだ。自分に言い聞かせていると、「さ、足を崩して」と惣太郎は促し、家が見つかった。九尺二間（三坪）を二つ併せたような家だから、狭いが竈《かまど》もあるし厠《かわや》もある。井戸も近いから水運びも楽だ。荒ら屋《あばらや》よりはちっとはましだ。家賃は月割りで計算して百文しない。納めるのは年に一、二回でいいようだ。菊は承知している。

「初めはそれで我慢しろな。請け人を立てて証文を交わさねばならねえが、請け人は松蔵さの兄ゃさ、要助さでなじょだ（どうだ）。おれでもいいけど、何もかも嫁側でやってたら阿部家の沽券《こけん》に関わっから。十年もしたら、おぼこができたら、あとは二人で考えろ。お前《め》ら二人は稼ぎ者だから御殿を建てることになんべ」

惣太郎は松蔵に物を言う間を与えず言い終わって笑った。松蔵と菊は互いに見つめ合い、共に生きていくことを無言で確かめ合った。

「そこまでがんがく（準備）していただいて、有り難てえことだす。一生恩に着るっす」

松蔵はそれ以上の言葉が出ない。一回息を吸って付け足した。

「お菊さを大事にするっす」

「そこでだ。夏蚕を出荷したあと、秋繭の掃き立てまでの間を三日ほど長くして貰えねべか。その間に祝言《しゅうげん》の真似ごとしねばなんねべ」

「分かり申した。異存はねえっし。おれのために、んでね（そうでない）、おらだのために何もかもやっていただいて、涙が出るっす」

「んでは、きょうは帰らせてもらうべ」

五月の光が束になって、帰って行く二人を照らしているように見えた。二人が見えなくなるまで見送ると、松蔵はゆっくり寺へ帰った。


惣太郎が二人のために探してくれた家は、松蔵の養蚕小屋から三丁（三百メートル）程のところにあった。荒《あば》ら屋といえば荒ら屋だが、松蔵は嬉しくてならない。嵐田の家の婿になって以来これほど嬉しい思いをしたことはなかったかもしれない。この家で、松蔵と菊の祝言を行うことになった。

松蔵と菊が並び、その両側に要助夫婦と惣太郎夫婦が向かい合った。畳に要助の嫁が持って来た赤飯、鯉の甘露煮、そして盃が置かれている。要助と惣太郎だけは紋付

きの羽織を普段着の上に羽織っている、あとはみな普段着だ。縁《ふち》が少し欠けた酒壺の酒で固めの盃を交わした。婿入りの時の、足がしびれただけの祝言のときとは違って、おれは果報者だと松蔵はしみじみ思った。謡が得意の要助が「高砂や　この浦舟に帆を上げて〜」と声をあげた。

このような、ままごとのような祝言はみな初めてだ。戸惑って、そして半時（一時間）の後には松蔵と菊は二人きりになった。

宮内までは一里余りの道のり、往復で二里、両家ともよく来てくれたものだ。二人はそのことを思った。

せんべい布団を寄せて二人は床の中に並んだ。菊とは幼い時に遊び、喧嘩し、悪口を言い合った仲だ。松蔵は菊の手首をそっと摑んでみた。しばらくして怖いものに触るように菊の肌に手を伸ばした。菊はぴくりと躰を固くしたが、あとは目を閉じたままだ。抱き寄せて、頰をつけ真っ暗い中で顔を少し離して見た菊の目が、戸の隙間から差し込む月の光で光っていた。菊も顔を離して松蔵を見つめ、また松蔵の首に手を回した。朝になっても松蔵は菊を抱きしめていた。

松蔵と菊の夫婦が砂塚に移り住んで三年目、元号が弘化から嘉永に変わって二年目だ。二十六歳になった菊の腹が目立ってきた。

「松蔵さ。おれほんとに生んでええのか」

「バカ」

頭に血がのぼって、松蔵は怒鳴った。菊に初めて怒鳴った。

「おらだの子供、なさね（生まない）つもりか」

一瞬ひるんで、菊は居住まいを正した。

「申し訳ねっす。申し訳ねっす。今、一番大変な時だべ。おれが手伝えなくなったらなじょに（どのように）なっかと思って」

松蔵は腰を下ろして、そっと菊の膝に手を乗せた。

「すまねえ。おれの方こそすまねえ。あんまり大きな声だして、腹ん中の子びっくりしたべな。寝てろ、寝てろ。おれが悪かった」

松蔵は立ち上がり、腰をかがめて菊の髪にちょっと頬ずりをし布団を敷き始めた。慌てて菊が立ち上がるのを止めて、「腹の子が出てくっと悪いから、そっとしてろ、そっとしてろ」そして敷き終わると、「ほれ、寝ろ、寝ろ」と後ろに回って両脇の下に手を入れ抱き上げ運ぼうとした。

「くすぐってえ、くすぐってえ」

菊は自分で床に入った。

「あのな、言っておくが、お前《め》とおぼこはどげなことあってもおれが守る。米は食《か》せらんねくても、ひもじい思いはさせねえ。おれを信じて立派な子供を生《な》してくれ」

二人はしばらく黙り込んだ。松蔵が何か言おうとしたら、菊も言おうとした。

「お前《め》から語れ」

「松《まっ》ちゃから語って」

「んだか。おれな、生まれて来るおぼこの名前を考えていたなだ。女《おなご》なら桜はなじょだ。お前《め》が菊で秋の花だから、生まれんのは春だべ」

「少し派手でねえか。男っ児だったら……」

「今、嘉永（元号）だから、嘉の字を使って嘉蔵《よしぞう》はなじょだ（どうだ）」

「ええな。男っ子だったら、お前《め》さまに似っとええけど」

「お前《め》に似た方がええ。産着など、なじょする（どうする）」

「そげなことは女《おなご》が心配するもんだ。お前《め》様の心配することではね。実家に行って
譲ってもらうから心配ねえ」

「宮内まで、お前《め》、一里はたっぷりあんぞ。おれが両方の実家さ行って貰ってくる」

「その間、お蚕様はなじょする」

「その間だけ、お前《め》に面倒みてもらうしかねえな」

松蔵は菊の腹をそっと触り、さっと布団を剝がして菊の腹に耳を当てた。

「早すぎる。まだ何も聞こえねべ」

「聞こえた、聞こえた」

「嘘だあ」

「生まっちゃら、大事にしてけろて言ってたぞ」

菊は臨月に入った。おトメ婆《ばば》ちゃの薦めてくれた産婆にお願いするとさっそく来てくれた。寝かせた菊の腹を撫で、耳を当て、まだだな、おぼこは元気なようだから心《しん》配《ぺえ》ねえ、と言ってから尋ねた。

「お前《め》、実家では生まねのか」

「おれの実家も、松蔵さの実家も、お母様《おっかさ》いねもの」

「小国《おぐに》あたりでは今も産屋《うぶや》で子を生《な》すけどな、このあたりではあまり使われていね。たいてえは納戸《なんど》か寝部屋で生むよ」

菊が言った。

「おれ、ここで生む。松蔵さのそばだと心配ねえもの」

「仲が良《え》くてええなあ。んだば、油紙だの、握り綱だの、いろいろ準備する物あっけど、だんだん整えっから。おぼこが生まっちゃら、乳が出ねと育てらんねえから、今から乳が出るような物食べろ。鯉や餅が乳を出すっつうぞ」

松蔵は暗いうちに近くの小川に鯉釣りに行くようになった。鯉が釣れず、鮒のことが多い。

「鮒だて、鯉と似てっから少しは効き目があんべ」

釣ってきた魚を味噌で煮て、「小骨があっから気つけて食べろ」と、ほとんど毎日菊の膳に載せる。

「申し訳ねえけど、おれ飽きたはあ」

「ほだべなあ（そうだろう）。んでもな乳出ねとおぼこ育てられねから、一口だけでも食え。頼むから、薬だと思って食べてけろ」

「松《まつ》ちゃ、おれのことばかり心配して、お蚕様の方大丈夫か。お前様の仕事手伝いたくて一緒になったのだから、仕事の方疎かにしねでけろ。頼むよ」

「分かってる、わかってる」

「もし、お蚕様が駄目になったら、おれ、なしてお前様の嫁になったか分からねくなるもの」

「心配すんな。ちゃあんとやってっから」

さすがにそばかすが頬に現れ、少しむくんでいる菊の顔を見ているうち、どうしたことか、目が熱くなってきて松蔵は部屋を出た。

菊の言う通りだ。子供のことは産婆や近所の女衆《おなご》にお願いして、おれは仕事に励まねばなんねえ。


陣痛が始まった。松蔵は気が気でない。養蚕小屋と家の間を何度もなんども往復しているのを見て、おトメ婆《ばば》ちゃが、「松蔵さ。そげに行ったり来たりすることねえよ。おれたち、しっかり看てっから」。

近所の女達も代わり番に来てくれる。出産間近なのだ。松蔵は一回の給桑量を多めにして与える回数を少し減らした。一部屋しかない家の外に腰を下ろして出産を待った。その夜は生まれなかった。夜が明けて生まれた。許されて部屋に入ると男の子だ。菊は疲れ切って、うつろな目で松蔵を見ている。その横に赤児の小さな頭が見えた。女達が口々に言った。

「お菊さ、頑張ったよう」

「ほれ、見てみろ。めんごっこい（かわいい）おぼこだことう」

春蚕の上蔟前だった。嘉蔵と名付けた。気になっていた菊の乳の出は良いようだ。産褥の時の飯炊きから、しめし（襁褓《おしめ》）洗いまで、菊が、「ええ（やらなくてよい）から。男はそげなことするもんでねえ」と言うのを抑えて、松蔵はさっさとやってしまう。

「お前《め》様がそげなことしてっとこ誰かに見らっちゃら、おれが恥かくからよ」

「床上げするまでのことでねえか。何でも言わせておけ」

松蔵は養蚕の手を抜いていなかった。春蚕はみな繭を作った。

松蔵は夜中に目が覚めて寝付けないでいると、突然ハナの子のことが思い出された。なんの連絡もなかったから、生まれていれば姑の膝の上だろう。それ以上の思いはなく、また眠った。

夏になってこの年二回目、夏蚕の繭の出荷が終わると、宮内での借金はみな返し、いくらかの余裕が出た。荒れていた桑畑の手入れはおおかた行き届いている。蚕室が狭いのでこれ以上蚕を増やせない。子供も生まれたことだし、借りたものはいつか返さねばならない。自分の桑畑と蚕室を持たねばならないと考えていた。

菊が、「な、な」と話しかけてきた。

「村山の方ではな、どげ（どう）すんのか分かんねけど、カサ（疱瘡、天然痘）に罹らねくするためにな、何かするんだと」

「長崎わたりの方法か」

「知《し》やね。おらだの子、カサになんねように、その方法を受けさせてもらいてえもんだ」

「おぼこ、おこ、それよりな、まだ生まっちぇ半年も経たねべ。お菊、お前、気が早すぎる。まだ生まっちぇ半年も経たねべ。それよりな、おぼこ育てては甘やかしてはなんねえぞ。叱っとこは叱って、可愛がっとこは可愛がって、人から受けた恩は忘れねえように育てねばな。おれはそのように育てられた。お父様《おとっつあま》とお母様《おっかさま》に」

「それこそ、まだ早すぎる。乳飲んで、泣いて、笑ってるだけだ。なあ、嘉蔵」

菊は嘉蔵の小さな顔を覗き込んだ。

菊の大きな笑い声が聞かれるようになった。嘉蔵を負んぶしてあやしながら、出産で親しくなった近所の家に行って雑談しているのだ。菊の笑い声はよく透る。菊には爺さ、婆さがいないから、家の中で気を遣う相手がいない。そのためかもしれないが、菊のいる所からは笑い声が絶えないのだ。松蔵にとっては、捜さなくても菊の居所がわかるので便利だ。

三、天照大神と天手力男神

長男嘉蔵に続いて二人目の女の子が生まれた。四月生まれだったが名を梅にした。松蔵も菊もあたふたすることもなく床上げも過ぎて、松蔵は家の前を流れる小川の縁に立った。砂塚で養蚕を始め、菊を娶り、子が生まれた。深呼吸をして夜が明け始めた田を見ていると、田植えの終わった田に霧が押し寄せて来た。まだ五月半ばだというのに、まるで真夏の夜明けの刻のように霧は一間先が見えないほどに濃く辺りを覆って、睫毛が泣いたように濡れてきた。

菊が砂塚の蚕室小屋に来た日のことを思いだした。突然、わっ、と泣き出し兄の惣太郎の胸に顔を埋めたあの光景は、幼い頃ちょっとからかうととたんに、わっ、と大声で泣き出し慌てさせられたものだが、それとどこか似ている。

松蔵は手の甲で目を擦りながら、霧が晴れかかる様子、田が現れてくるそのときを見てから家に上がろうと思い、立ち尽くしていると、今は遠い昔のことのようにさえ思えるのだが、寺子屋からの帰り道、雪が激しく降ってきて視界が閉ざされた夜が甦った。道端に寄せられて盛り上げられた雪の小山が提灯の明かりで辛うじて分かったものだ。そんな道を転ばないように、ずぶっとぬかるところへ踏み込まないように歩きながら学んだばかりの神話のことを考えたのだった。お蚕様、お蚕様で、そんな昔を思うことなどなかったのだが。

天照大神《あまてらすおおみかみ》が天岩戸から出たのは天手力男神《あめのたぢからおのかみ》が岩戸を開けたからだと教えられた。大神《おおみかみ》が自分の気持ちで外へ出ないのは情けない。男神がいなければ女神は照らすことができないのか。女ってそんなものかなあとも思ったものだ。母親が健在だったたから十歳前だったろう。子供なんてとんでもないことを空想するものだ。嘉蔵はどげな（どんな）ことを考えるようになっかなあ。おれよりはましな男になってもらわないと困る。

婿勤めと下男勤めの区別ができず、むちゃくちゃに稼いで（働いて）いた前世から、この明るい田んぼの中に連れ出したのは菊だ。おれの方から嫁になってくれとは言わなかった。どうも情けない。

菊が砂塚の蚕室小屋へ尋ねてきたとき、「おハナさにも申し訳ねえって思っていんなだっし」と言ったその言葉が今も脳裏にこびりついている。

おれはどうして、茶を持ってこい、背を流せ、などとハナに言わねかったんだべ。あの家を出たのも、姑に出て行けと言わっちゃからだ。思い出すと我ながら情けねえなあ。

そうは言っても、ハナに、ああしろ、こうしろ、と言って、ハナが素直に従えば、別れなかった、とすると菊とのこの生活はなかった。おれにとって、菊はハナとは比べものにならねえ。

「はやく家《え》さ戻ってけろう」

菊の声で松蔵は我に返った。霧が激しくひとつの方向に流れ消えかかっていた。よちよち歩きの嘉蔵が走ってくる後ろに梅を抱いた菊が立っている。こんなに屈託ない母親に育てられれば、子供はすくすく育つだろう。

「危《あぶ》ね、危ね」と松蔵は嘉蔵を抱き上げると、嘉蔵が地面に下ろせと手足をばたつかせるのに構わず、「さっ、お飯《まま》だ、お飯だ」と家へ駆けた。乳は十分出るらしく、梅は小さな手を菊の顎に伸ばしたり、搗きたての餅のような乳房を摑もうとしたりなでたりしながら口を乳房から離そうとしない。

赤湯で会ったときの菊は、嘉蔵の頰のように押せば朝露がしみ出そうなみずみずしさがあった。赤児の頰に唇を当ててみたくなるように、菊の頰や唇に自分の唇を当ててみたいような気がしたものだが、目の前にいる菊は、すっかり母親だ。厚さが増して見える顔の肌、その肌が滋味を含んだ色っぽさを隠しているように見える。地震が来たって、天が落ちてきたって、梅を片手に抱き、嘉蔵の手を握って逃げるだろう。菊が天手力男神で、おれが天照大神かと想像しておかしくなった。菊が大声を上げて泣くことはもうないだろう。

日が傾いてきて辺りに翳りが増えてきた。松蔵は蚕室の仕事を終えての帰り道、田の畦で芹を摘み、アカザを採って家に上がると菊が夕餉の支度をしている。菊の背中に負われた梅があまりに小さい。

「梅が下さ落っこちねえように気つけろよ」

「分かってる。お前様《めえ》はほんにこまこい（細かい）ところに気遣いすぎだ。掃き立て近いべ。大丈夫か」

「嘉蔵、母《かか》さの邪魔になんねようにこっちゃ来い」

松蔵は近くで拾った梅の実を畳に転がすと、嘉蔵はとんとんと歩いてきて尻をつき梅の実を摑んだ。

「あのな、桑畑も蚕室小屋もみな借りもんだ。白い米や糯米は後回しにして、おらだ（おれたち）の桑畑と蚕室を持たねばなんねえと思っていっとこだ」

「さっ、お飯《まま》できたぞ」

菊はずいぶん傷んだ膳を三つ畳に並べその上に、菜飯をよそった飯椀と味噌汁椀を置いた。お菜はアカザのお浸しだ。

「それは畑も家も欲しいけどな、子育てが先だ」

「これから田の草取りが忙しくなるべ、百姓衆はな。それを手伝って手間賃稼ごうと思ってんなだ」

「今だって十分忙しいんだから無理しねえ方がええ」

「百姓家《や》では田の草取りも養蚕も女《おなご》の仕事だ。赤湯にいたときみてえに、お蚕様育てを手伝ってやれば助かっと思うんだ。稼ぎが増えればお蚕様育ての家が増えっと思うんだ。巡り巡っておらだ（おれたち）にもいいことあんべ。お彼岸には手間賃でおぼこらに糯米のぼた餅（牡丹餅）を食《か》せられっと思うんだ。すっとな、繭の収入をそっくり土地買いに回せんべ」

「無理すっことねえて。土地が欲しいよ。んだけど、お前《め》様に寝込まっちゃりすれば元も子もねくなる」

「んだな」

「おぼこが大きくなったら、おれもだんだん稼ぐから心配しねえで」

「夏になったらみなで熊野神社さお参りして、獅子御下りを子供ら見せんべと思ってんなだ。差し支えなければおれの実家に一晩泊まってな」

「聞いてみねと分からねえけど、おれの実家に泊まってもええな」

「んだな。泊まっかどうかは分かんねけど、いろいろお世話になって、何にもお返ししてねもな。挨拶だけはしておかねえとな」

菊は、嘉蔵と梅の面倒をみながら、「ほれ、ほれ、見てみろ」とときどき声を上げて笑う。


夏蚕が二齢に入り、世話がいくらか楽になった日、家族全員で近くの雑草地へ行き、茣蓙《ござ》を敷いて梅を置き、土筆《つくし》採りをした。嘉蔵はいくらかおぼつかない手つきで土筆を採り、いちいち菊に見せる。

松蔵はときどき嘉蔵を膝に乗せたりしながら桑畑購入を考えていた。いつも割高な生種を買っているが、自分で蚕種紙を作れば廉くつくはず。蚕種紙を多く作って売れば収入は増える。催青（孵化）させる日まで蚕種をどう保存するのか。催青しないようにしておくのは、そうとう涼しいところに置いておくのだろうが、蚕種紙屋はどうしているのだろう。蚕娥に産卵させるのは難しくはなさそうだが。夏繭を売ってから考えてみよう。宮内の蚕種紙屋に行って作り方を教えてもらわねばならない。でも、商売敵になるかもしれないということで教えてくださいとは言うわけにいかない。米沢にいるはずの、詳しい人に紹介してもらうのが無難だ。松蔵は考え出すと、ああでもない、こうでもない、と考え込んでしまう。

六月下旬に入って夏蚕の上蔟が近づいてきた。松蔵達の家の前に蛍がたくさん飛ぶ。松蔵は団扇で叩いて蛍を落とし、手製の蛍籠にいれて嘉蔵に持たせた。寝床の枕元に置くと、嘉蔵は点滅する蛍を見つめているうち眠ってしまった。梅への授乳も回数が減り、菊も間もなく眠っていた。

夏繭の出荷が終わってほっとしていると、菊が言った。

「このあたりではまだ聞いていねえけどな、宮内では腹下し（下痢）と戻し（吐く）が激しくて死ぬ人も増えてんだと。こわえ（怖い）ことだな」

「そうか。両方の実家にそげな病人出ねえように祈っておかねばなんね。砂塚でも吐き下しが増えるな、近いうちにな」

「なじょ（どう）したらいいべ」

「ほだなあ。赤湯にいっときも、ここさ来てからも、おらだ（おれたち）お蚕様死なしたことねえ。いつも思っていんなだけど、蚕室と蚕具、みなきれいに拭いて、それから焼酎で拭くべ。それから蚕室に入っときは着物の埃はたいて、泥のついた手では絶対に桑の葉を触らねえようにしている。んだから病気が出ねえのかも知れねえ。お蚕様を死なしてしまっては、田畑を持っていねえおらだ、飢え死にするしかねえから、おれのやり方がどんだけ効き目があっか知ゃねけど。吐き下しの方もな、椀や箸などよく洗って、おぼこらに使う物は焼酎で拭いてから使った方がいいでねえか。お菊、お前は梅に乳やるから、乳や手を焼酎で拭いた方がいいかもしれねえぞ」

「食い物はすぐ饐《す》える（腐る）から、残り物はいちいち煮立てんなねな」

「ほだ（そうだ）、ほだ。ところでな、あのな、この春から考えていたなだけどな、蚕種紙を作ってみっかと思っていたとこだ」

「お前《め》様が自分でか」

「ほだ。作れるようになれば買わねで済むし、うまくいけば売ることもできんべ」

「難しいんでねえか」

「蚕娥に生ませんなは容易だと思うけど、催青させるまで眠らせておく方法がわからねえ。宮内の蚕種紙屋に行って来《く》っかと考えていたとこだ」

「無理だべなあ。お前《め》様が作ったぶん売れねくなるもの」

「そこでだ、お上は養蚕を盛んに勧めていっから、米沢の蚕種紙屋に行けば教えてもらえんではねえか。米沢のどこさいったらいいかぐれえは宮内の蚕種紙屋が教えてくれるんでねえか」

「なじょだかなあ。お前様《めえ》が蚕種紙作りを始めたら、商売敵になるもの」

「熊野神社のオクマンサマに頼んでみっかな。修験僧だから顔が広いべ。それから兄《あに》やさにも頼んでみっかなと思ってるとこだ」

「んだば、おれの兄《あに》やさにも聞いてみっといい」

松蔵は翌日宮内へ発った。歩いて一時間の道のりだ。上手い具合にオクマンサマに会えて、「いかんべ。さっそく調べてみんべ」と言ってくれた。要助も惣太郎も、すぐには当てがないが、人を介して調べてみると言ってくれた。

そして砂塚に帰ってから二日目だった。松蔵の吐き下しが始まった。激しい寒気が出て背を丸くして腹を抱え痛がる。がたがた震えだした。「痛てえ、痛てえ」、「水、水」とか細い声で水を欲しがる。

「水飲むから下すんでねえか」

「どうでもええから、水くれ」

息を整え気力を振り絞って言った。

「おぼこら、お前《めえ》もおれのそばさ近よんな。水入れた桶を枕元さ置いて、あとは離れてろ」

松蔵は菊の肩にすがり外へ出て排便すると部屋へ戻り崩れ込むように布団に転がった。排便のたびに外へ出なくて良いように、菊は程よい大きさに切った筵の上に稲藁を載せ松蔵の尻の下に差し込んで、「この上にやっておこやって（下さって）いいよ」というと、松蔵はかすかにうなずいた。松蔵のそばについていてやりたいが子供の面倒から手が離せない。これだけ、水、水、と言っているのだから、飲みたいだけ飲ませてやろう。「末期《まつご》の水は美味い」と聞いたことがある。あとは神様に祈るほかない。

菊は、枕元に水を入れた桶、水飲みの椀、吐物入れを置いて梅を背負い、嘉蔵にうるさく言って松蔵に近づけないようにした。

松蔵はしばらくうとうとし、水を一口、二口飲んでまたうとうとする。

菊は松蔵の尻の下に差し入れた藁、筵をときどき取り替える。医者に来てもらいたくても、往復で半時（一時間）はかかる。子連れだからもっとかかるかもしれない。その間に何か起きればどうするのだ。こんなに吐いたんだから何か食べさせなければ死んでしまうかもしれない。しかし、食べればすぐ吐いてしまう。おろおろするばかりで、どうしてよいかわからないでいるうちに、すっかり夜が更けて子供達は眠った。灯明に火を点し松蔵の顔を覗くと、はあ、はあ、と短い息をしてうとうとしている。必ず、おれが治してみせる。台所の壁に貼ってある熊野神社の御札に両手を固く合わせて祈った。

二日目から吐き下しは軽くなったが、うとうとして、はあ、はあ、という短い息が続く。寒気がなくなったらしい。夜が明けてみると、こけた頬が変に赤い。肌の艶がなくなっている。菊の頬にぼろぼろと涙が止まらなくなった。台所の隅で嘉蔵に粟粥を食べさせ、梅に乳を飲ませ、部屋への上がり框《かまち》に腰掛け、嘉蔵が松蔵のそばへ行かないように気をつけた。

「いいか、ここさ立ってろよ。部屋さ上がんなよ。お父様《おとっつぁま》がいま苦しいんだからな」

嘉蔵を台所へ立たせ、ときどき松蔵の顔を覗きにゆく。嘉蔵を外で遊ばせたくても、部屋を留守にできない。ただおろおろしていても、松蔵の病気が良くなるわけではない。松蔵が言っていたように、あたりを雑巾がけし、焼酎で拭き、湯を煮立てた。その湯を冷まして手ぬぐいを浸け、固く絞って松蔵の顔を拭いた。松蔵はわずかに顔を動かしてくれたのでいくらかほっとした。食べていないせいか、便はほとんど出なくなったらしい。

発病三日目になっても、見えているのかいないのか、視線を天井に這わせている。息はせかせかと相変わらず短い。ときおり、必死で躰を起こし水を飲む。菊が松蔵の顔を覗いたとき、松蔵は落ちくぼんだ目をゆっくり菊に向け何か言った。

「なに、なえだって」

菊が耳を松蔵の口元に近づけると、「おれが死んだらおぼこら頼む」と言っていた。

「なに言う、このばかたれ。おぼこら見るのはお前様《め》でねえか。そげな気の弱いことで、助かるものも助からねくなる。ずぐだれ（弱虫）。元気出せ。元気、どこさやった」

菊は涙を拭った。

「あんまり情けねくて、涙出る。気確かに持て、ずぐだれ」

四日目に入ると、変に赤かった頬がいくらか青ざめてきて、息が静かになってきた。もしかしたら、いよいよ仏になるときか、松蔵の額に手を置くと冷えている。お前様におれが代わってやりたいが、そうすると子供達をだれが育てるのだ。この夜も菊は一睡もできなかった。そして夜が明けて松蔵の顔を覗くと、スー、スー、と静かに眠っている。助かったのだ。

「ばかたれ親父、松蔵のばかたれ、ずぐだれ、ばかたれ」

小さくつぶやく菊の頬に涙が流れて止まらない。菊はたくさん湯を沸かし庭先へ運んだ。

「さっ、躰洗ってしんぜっから（進ぜるから）草履《ぞうり》履いて外さ出ておこやい」

水桶に湯をいれてぬるま湯にすると、裸で立っている松蔵の頭から掛け、手ぬぐいで擦りながら背から腰へ、股を開かせて洗い足を洗うと。横へ回って腹を洗った。そして、乾いた手ぬぐいで拭き、浴衣を着せた。

「さっ、寝てておこやい」

松蔵は気持ち良さそうに布団の上にあぐらをかいていると、行水の後始末が終わって入ってきた菊が、「その布団、干すから、ちぇっとだけここさ腰下ろしてけろ」と言い、松蔵が寝ていた布団を除け、別の布団を敷いた。

「起きててはだめだべ。寝てて、寝てて」

松蔵は素直に言いなりになって横になった。

「力つくもの食べさせてえけどな、黍餅つくっから。おぼこらも好きだし」

「迷惑掛けたな、お菊。明日っから稼ぐから勘弁してけろ」

「なえだって（なんだって）、明日から稼ぐだって。この、ばかたれ。あと十日は寝てねえとだめだ。お前様は一家の主だ。嫁に気遣って、なじょ（どう）するつもりだ。

早く元気になって、それから稼いでけろ」

菊の剣幕に押されて松蔵は黙り込んだ。食欲はあまりなかったので、いつもの半分も食べなかった。

「一どきに食べっと、また腹壊すといけねえから、だんだんと力つければええ」

後片付けを始めた菊に松蔵は言った。

「お前《め》、いつからおれのお母様《おっかさ》になった」

菊は返事をしないで黙々と仕事をしている。

十一月早々に松蔵は宮内へ行き、修験僧オクマンサマに会った。

「松蔵さ、蚕種紙作りは止めた方がええ。宮内では差し障りがあっとまずいからよく調べていねえがな、長井村や鮎貝村ではそれぞれ蚕種紙屋が数軒あって、お役人がいろいろ指導してるそうだ。なしてか（どうしてか）ていうと、松蔵さの方が詳しいわけだが、良い繭作るのとそうでねえものとあって、良い繭作る蚕種紙を会津や下野国の宇都宮あたりから手に入れたり、米沢よりは進んでいる養蚕法を学んだりして、それを蚕種紙屋の主を通して村中に広げているっつう話だ」

「いやあ、そげなことになってんのか。砂塚さ行って四年だけど、町場の方はどんどん変わっていんなだなあ」

「んだから、これから蚕種紙作っても、そうゆう旦那衆にはとても敵わねえと思うんだ」

「いいこと教えてもらった。もう蚕種紙作りは止めた」

「それからな、桑畑のことだけどな、長井村あたりではたくさん桑を育てている大百姓がいて、養蚕家はそこから桑の葉を納めてもらうんだと。桑畑を買う必要もねえし、手入れ、桑枝刈りもしなくて済むしな」

「しかしなあ、それでは儲けが少なくてやっていけねえべ」

「いや、いや、お蚕様は四齢に入っとものすごく食うんだってな。この頃になると桑枝刈りが大仕事で、んだからお蚕様を増やせねえ。桑の葉を納めてもらえれば、手の空いた分余計にお蚕様を育てられ、そして繭も余分に収穫できんなだそうだ」

「考えたこともねかったなあ。おれはいつの間にか在郷太郎《ざいご》（いなかっぺ）になっていたなだなあ」

「鮎貝村だったな、四齢に入る頃になると手伝い人を五人も六人も雇う養蚕家がなんぼ（いくら）もあっと。うまくいくと四、五年で家を建てる者も出るらしいぞ」

「そうなったら大したもんだが、蚕室はずいぶん広いんだべな」

「お上は蚕室作りに金を貸してくれるそうだ。桑畑は一反（三百坪）では足んねえべ。蚕室の家なら半反もあれば十分だべ」

「お上から金借りて、半反買って家建ててみっか」

松蔵は毒気を抜かれた思いと、養蚕業の変貌の速さに夢が広がる思いだった。要助と惣太郎のところに寄ってみると、知り合いを通していろいろ調べていてくれた。その結果はオクマンサマと同じようなことだった。松蔵は喜び勇んで砂塚村へ帰った。

菊に宮内訪問の成果を説明してから言った。

「やっぱりな、この砂塚は在郷だ。宮内さ行って土地を手に入れ、養蚕に力入れんべ」

「お上から金借りて、返せねくなったらなじょすんべ（どうしたらいいだろう）」

「返せるように頑張んねばな」

日を置かず宮内村の肝煎を訪問して、蚕室用の土地探しと借金のことを相談した。桑畑を広く持っている農家、その桑葉を納めてもらっている養蚕農家など、いろいろ説明してくれた。そして、米沢まで行かなくても、宮内で借入金の仲介をしてくれる役人がいるという。

あとは土地探しだ。来年桜咲く頃までには土地を入手し、建築はなんとか六月終わりまでに完成する。当初は春蚕、夏蚕は蚕種紙を減らして、菊にも手伝ってもらい砂塚で続け、自分はしょっちゅう宮内に通って建築現場を見回る。茅葺き屋根ではそんなに早く建てられないし金も掛かるから当面杉皮張りにする。

土地探しは雪が積もり始めてからでは難しくなるので、肝煎と百姓代、それから要助と惣太郎、オクマンサマにも頼んで紹介してもらうことにした。

「あとは、果報は寝て待てだな」と松蔵は機嫌が良い。すっかり体力は回復したようだ。

雪囲いを済ませると大晦日、そして正月だ。まだ餅搗きをする余裕はないが、このあたりに「団子の木」につかうミズキの木がどこに生えているか聞いておいて、小正月と初午の行事をやろう。そんなことを考えていると、「今年糯米つくったから僅かだけど持って来た」と惣太郎がやって来た。嘉蔵を膝に乗せたり、梅を抱いたり、家の中を賑やかにしてくれた。

「どうも土地はみつかりそうだ。秋葉山の麓と吉野川の間に荒れ地があるらしい。じゃりが多くて畑には向かねえとこらしいから、売値は安いと思うんだ。雪が消えてから見にあいべ（行こう）」

「洪水は大丈夫だべか」

「そう、それよ。吉野川は氾濫すっからな。そこを見極めねばな」

もてなしはまるっきりできないのに、惣太郎は嫌な顔を見せず帰って行った。


年が明けて、この年も餅搗きはできなかったが、正月も初午の祭事も、ミズキの代わりに柳の細枝を使って済ませた。

道路脇や軒下を残しておおかた雪が消えた三月末、松蔵は熊野神社のオクマンサマを訪ねた。まだ仲立ちする土地は見つかっていないという。惣太郎が持って来てくれた話を聞いて、「うーん、すぐには決めねえ方がいい。その売り主がどこまで信用できっか確かめねえうちはな」という。

「斯波さんは立派なお家柄だ。そういう立派なところの出の方は世間の裏を存じていないことがある」というのだ。

惣太郎のところに行くと、話をまだ進めていないという。

「一生に一度のことだからゆっくり探した方がいいべな。ほかにも売っていいという話があるかもしれないからもう少し待ってろ」

四月にオクマンサマを訪れると、金山に行く途中で秋葉山の麓に近いところに丁度一反の荒れ地がある。売り主がどの程度信用できるかは分からないから、中に組頭(年寄)か百姓代に入ってもらって交渉したらどうかという。とにかくお上は養蚕家を増やそうとしているから、相談に乗って貰えるだろう。話が纏まれば心遣いが必要になるが、お上から金も借りねばならないし、という。

組頭が松蔵の力になるという。そして、その土地を手に入れることになった。桑の葉の仕入れ先も組頭に決めてもらい、蚕種紙は砂塚に来てから変えずに注文してきた蚕種紙屋に決めた。建築の大工は組頭に紹介してもらって五月に着工。あとは一瀉千里だ。特に門柱間を荷車が出入りしやすいように広くするなどこまごまと気配りした。

梅が乳離れして、菊はますます忙しい。

新しい蚕室での養蚕は秋蚕から始めることにした。おトメ婆ちゃへ挨拶に行くと、非常に残念がって、目に涙を浮かべた。菊が、「ときどき来るから」と言って手を握ると、「必ず来ねばだめだぞ」となかなか手を離さなかった。嘉蔵と梅が生まれた家、必死に働いた蚕室小屋にもう来ないと思うと、松蔵も感慨ひとしおだった。

引っ越しのときは、松蔵の実家も、菊の実家も総掛かりで手伝ってくれ、松蔵の幼なじみも力を貸してくれた。

「故郷ってのはいいもんだなあ」

と松蔵は何度言ったことか。

収入が大幅に減ったが、借入金のお陰で順調に事が運び、新居と蚕室小屋の雪囲いを丁寧にして、新年を迎えることになった。

まだ新築祝いの宴を開く余裕はない。新年挨拶まわりをして、そのときに言い訳をすることにした。

菊は大張り切りで雑煮を作った。餅は松蔵、菊双方の実家から貰ったものだ。松蔵も菊もよく遊んだ秋葉山に少し入っただけでミズキの木がある。小豆色に輝く細枝で「団子の木」をつくり、初午の日には「繭玉の木」を作った。

蚕棚は今までの二倍の蚕が扱えるように作った。それだけに、掃除、雑巾がけ、清拭に時間が掛かる。松蔵には苦にならない。

初めての蚕室なので、失敗に備えて蚕種紙は今までより五割増しに抑えた。五月早々の春蚕掃き立てはまあまあだが、さすがに三齢になると手に余る。臨時の手伝いを頼み、日々運び込まれて来る桑の葉を蚕に与えた。

「男はな、若い女に注意されると臍を曲げるもんだ。手伝い人に注意することはおれがやるから、気になったことはおれに言ってけろな」

松蔵は菊に言った。蚕室へ入るときの埃払い、手洗いは慣れていないと面倒がるのだ。朝、松蔵は手伝い人が来るとまず自分が真っ先に入室の手本を示した。菊は手伝い人の昼食準備が大仕事だった。たった二人の手伝い人でも、家族と違うからあまりな倹約はできないし、米飯にしなければならないのだ。そこを倹約すると、どんな評判を立てられるかわからないし、仕事にも気を入れてくれないかもしれない。

五月も末、種痘が行われるという報せがあった。松蔵はなにか怖そうでどうしたものかと逡巡していると、「カサ（天然痘）は恐ろしい病《やまい》だから嘉蔵に受けさせねばならんね」と菊は躊躇なく決めた。接種後の様子をみていたが、嘉蔵にたいした変化はなかったので松蔵はほっとした。

四、犬猫でねえ

転居して二年目の正月は、肝煎、百姓代、組頭など世話になった村役人を大鳥居脇にある老舗料理屋「宮原」に招いてお礼の饗応接待を行い、ついで自宅に要助一家と惣太郎一家を招いて新築祝いを開いた。菊と雇い入れている姉こ一人が料理作りをして、要助と惣太郎の嫁が手伝ってくれた。

頃合いを見て要助が祝いの歌を披露した。

一に俵をふんまえて、
二ににっこり笑って、

三に盃いただいて、
四に世の中良いように、
五つに泉の湧くように、
六つに無病息災に、
七つに何事ないように、
八つに館が建つように、
九つお蔵が建つように、
十で東西治まった

歌っている間、要助の長女を先頭に、要助の子供三人と惣太郎の子供二人がその後ろに続いて手を上げ下げし、宴席の周囲を回り出した。嘉蔵もその後ろについて踊り回る。大人達は面白がって笑う。すると、惣太郎の嫁が、「松蔵さとお菊さ、仲良すぎっからよ、おれ、冷やかしてやんべ」と言って謡いだした。

私しゃ悋気じゃないけれど
一人で差した傘なれば
片袖濡れるはずがない

松蔵が続けた。

おれはよっぽど慌て者
財布拾って喜んで
にっこり笑ってよく見たば
馬車に轢かれた蟇蛙

笑いの絶えない宴は夜遅くまで続いた。

春蚕の上蔟が始まる前だった。

「なじょ（どうして）していやっか」と子連れの男が現れた。

「あらら、憲吉つぁでねえか」と応対に出た菊が声を上げた。

「ちぇっと待ってけろな。おらえ（我が家）のおっつぁま（夫）、今蚕室小屋だから呼んでくる」

憲吉とは、嵐田家の古くからの奉公人で、菊も知っていた。

「久しぶりだな、憲吉つぁ」と言いながら、松蔵は連れてきた子供がハナの子だと直感した。

「立ち話でもなんだから、上がっておこやい」

菊に勧められると、子供は憲吉の後ろに隠れるようにして家に入ってきた。松蔵は子供をじっと見てから憲吉に言った。

「そのおぼこのことだな」

「ほだっす（そうです）。実はなっす。この子は松蔵さのおぼこなのよ」

松蔵は黙っている。

「名前は勘一と言うなだけど、松蔵さに育てて貰いてえと勘七爺《じじ》さが言ってよ。それで連れて来たなだっし」

「ちぇっと顔見ただけでは、本当におれの子かどうかはわからねえが、子供を人に預けるのになんで親が出てこねえのだ。なして（どうして）おハナが連れて来ねえ」

「それがなっし、おハナさは今年の一月、お産のときに亡くなってしまってな。松蔵さは、嵐田の家を出るとき、子供はおれが育てると言いなすったと、勘七爺さが言っておりますが」

「しかしな、憲吉さだから言葉を飾らねで言うけどな、おれの子なら五歳か六歳だべ。生まっちゃときになんで知らせて来《こ》ねで、何年も経った今頃になって、突然の話だ。おぼこは犬猫でねえ。何か訳があんだべ。誰だって、命あれば死ぬこともある。おれだって、もちっとで死ぬとこだった、吐き下しでな。お菊のお陰で助かったけどな。んだから、誰とだって、特におぼこ絡みのことは気つけねばならねえのに、出て行け、二度と面《つら》見せんな、と言わっちぇおれは出て来たのだ」

「松蔵さは勝手に出てったって聞かされていっけど」

「憲吉つぁ。嬶がおれの子を生むって時に出てくる親父がいっと思うか、この世に」

「んだべなあ、松蔵さのような立派なお人が勝手に家を出ていくなんて、おれ、どうしても信じられなくていたのだ。言葉は悪くて申し訳ねえけど、追い出されたってことかっし」

「んだ」

「んーん。難しいもんだな」

菊が言葉を挟んだ。

「お前《め》様の息子なら、何も言わねで引き取ったらなじょだ。そっちで育てろ、こっちで育てろではおぼこがもごせえ（可哀想）よう。おれ、その時の事情、よく知ってから、引きとって差し支えねえよ」

「お菊、おれだってお前《め》と同じ気持ちだ。んだけどな、生まれてから今の今までおれの悪口ばかり聞かされて育ってきたはずた。おれたちにすぐなつくと思うか。勘一、そうゆう名だったな。勘一だってそげに悪い親父のところにはいたくねえはずだ」

憲吉は腕を組んで少し考えていたが、「実はな」と語り出した。

松蔵がいなくなったあと、後釜に入った婿が気が荒くて、しかも仕事をしない。ハナは殴られたり蹴られたりしながらお蚕様の世話をしているうちにその婿の子を身ごもった。姑のゑ以は勘一を跡取りにするつもりでいたのだが、婿が勘一を実の父親のところへやってしまえと、毎晩のようにゑ以を責め立てたという。

松蔵は顔を厳しくして言った。

「ことは勘一のことだが、勘一には何の罪もねえ。んだけど、ゑ以がそんな気持ちでは、おれとゑ以の間に入って勘一はもごさい（可哀想な）ことになるべ。そこでだ、今日のところはいったん勘一と一緒に赤湯さ帰って、ゑ以婆さに言ってもらいてえ。おれが育てるとなれば、名前は阿部勘一だ。そして、婆さはおれに二度と面を見せんな。それで良ければ勘七爺さが勘一を連れて来い。そう伝えてもらいてえ」

「お前様《め》、婆さだって、いろいろ後悔してんでねえか。そげにきついこと言わねえで引き取ったらなじょだ。勘一つぁがどうしても赤湯さ帰りてえと言い出したら返してやればええ。おら家《え》の嘉蔵より一つか二つ年上なだけで、まだまだおぼこだよう」

「分かり申した。今日のところは勘一つぁを連れて赤湯さ戻りますべ。そしてご返事申し上げますべ」

「そうしてけねか」

そう言う松蔵の表情には引き取りたくて仕方ない色が浮かんでいる。

「赤湯までたっぷり一里はある。こげなおぼこに往復させせんなは、なんぼなんでももごせえ。今晩一晩泊まってけ、な、勘一つぁ。憲吉つぁも一緒だから心配ねえ。湯沸かして躰洗ってやっから待ってろな。ここの母《かか》ちゃは躰洗うの上手《じょん》だよう」

「そうさせていただきますべ。日帰りで赤湯までの行き来は、子供には無理だもな」

その夜、勘一が床につくと松蔵と憲吉と菊は昔話を楽しんだ。

夏蚕も上手くいって、秋蚕の世話が始まったとき、勘七が勘一を連れてやって来た。

「もう、おれは嵐田家から追い出された身だから遠慮しねえで話させてもらいますが、いいべか」

「構わね、構わね」

「おれは嵐田の家を出るとき、おぼこが生まれたらおれが育てると申したはずだが、覚えいやっか」

「その場におれはいねかったのでな」

「生まれたことも教えていただけなかった。どうせ、おゑ以さの膝の上で我が儘放題に育てていんべと思っていた、おハナのようにな。おハナが亡くなったら、なしておゑ以さが育てなさんねのか、そこが分かんねえ」

勘七は黙り込んだ。

「憲吉さの話では、おれの後釜に入った婿殿が、こげな小さいおぼこを殴ったり蹴ったりすっから家に置いておけなくなったという話だったが、これも信用できねえ。ほだて、あれだけ気の強いおゑ以さがそげなこと許すはずがねえ。いかがなもんだ」

「……」

「嵐田家の主は勘七つぁだべ。なして婿の遣りたい放題にさせておくなだ」

勘七は答えない。

「おれはな、おれの息子、娘は命に代えて育てる。なして孫を守ってやらねえのだ」

「申し訳ねえ」

「申し訳ねえで済むと思っていやんのか」

「爺さをそげに責めねでも」

菊が口を挟んだ。

「おれは、おれの息子がぶっ叩かっちゃと聞いて、腹が立ってならねえのだ」

松蔵は勘七をにらみつけているが、いくらか目をそらして答えようとしない勘七に
松蔵はいきり立ってきた。それを見て菊が言った。

「済んだことだべ、お前様《め》」

「六歳になったそうだな。我が儘放題に育てられたおぼこ、、、がどげなことになってっか、しばらく預かってみねとわかんねな。もし、おハナのように手のつけられねえようなら、お返し申すが、それでいかんべな、勘七つぁ」

「んでは、引き取ってもらえるのだな」

何がなんでも、勘一を松蔵に押しつけて帰ろうという様子を見せた。松蔵は本気で怒り出した。

「おれの言ったことに何も答えねえで、無理矢理押しつけて逃げ出そうってのは我慢がならねえ」

「分かった、わかった。おれが悪かった。勘一を宜しく頼む」

「生まれてから五歳になるまでが、子育てで一番大事なときだ。もし、勘一がねじ曲がった性格に育っていれば、手の施しようがねえ。そんときは、勘一をお返し申すから、それでいいべな」

「分かった、わかった、勘一、実のお父様《おとっつぁま》の言うことをよく聞くんだぞ」

勘七は立ち上がり、逃げるようにして去った。勘一は追おうとしない。

松蔵はいくらか興奮が冷めてくると、菊に言った。

「男の子の育てには二つ節目がある。五歳と十五歳だ。おれのお父様《おとつぁま》がそう言うのを何度も聞いたもんだ。おれが四歳、五歳の頃は随分ごしゃかれたり（叱られたり）、褒められたりしたもんだ」

秋繭も予想通りの収穫で、松蔵はほっとした。家の中は突然勘一が増えて賑やかになるかと思っていたら、勘一は何を言われても返事をしない。それに、梅が突然泣き出すようになって、菊が気がついた。勘一がそしらぬふりをして梅の足をつねるのだ。厳しく注意すると、上目遣いに菊を見上げ黙り込んでしまう。嘉蔵も勘一を避けるようになった。

「な、お前様《めえ》。なじょしたらいいべ」

「嵐田に返すほかあんめ」

「んだけど、お前様の息子だよ」

「とんでもねえく育てたもんだなあ」

松蔵も勘一に丁寧に説教したが、反応を見ていると効き目はなさそうだ。

「どうも勘七爺の様子から、気になったことある。後釜の婿が勘一を虐めたって憲吉つぁは言っていたが、勘一がお蚕様に何かとんでもねえいたずらをしたんであんめえか。もしそうだとすると、来年のお蚕様育て、とんでもねえことになる」

「それは来年のことだから、今日のところはこれくれえにして、実はな、驚くなよ」

「気持たせねえで早く言え」

「身ごもったようだ」

菊は松蔵の顔を覗《うかが》った。

「そうか、そうか。さすがにおれの嫁だ。大事にしねとな。こんどは男っ児かな、女児《おなごこ》かな」

「お前さまはほんに気が早い。生まれんのは来年だよ」

「お前《め》はどっちがいい」

「どっちだっていいよ」

「おれも、どっちだっていいんだ。名前を二つ考えておかねばな」

松蔵の頬はすっかり緩んで、嬉しくてしょうがないと顔に書いてあるような有り様だ。菊は松蔵の腕に顔を寄せた。


年が明けて嘉永七年。蚕種紙を砂塚にいた頃の二倍に増やすことにした。昨年の秋にお上《かみ》が買い上げてくれた繭の値はいくらか上がっている。この分だと売れ残る心配はなさそうだ。繭の出来具合で、上繭、並繭に仕分けされ、売値に相当差がでる。今年は姉こも使って繭の塵払いと仕分けを丁寧にする。そして、桑の葉やりの奉公人も増やそう。

菊が言った。

「村山あたりには蚕扱いに慣れた女衆《おなごし》がいて、『ブニン』と呼ぶんだってな。それでな、そのブニンが寝泊まりする『ブニン小屋』もあんなだと」

「それは知《し》ゃねなかったな。さっそく人に聞いてみんべ」

「勘一、お蚕様に悪さしねべなあ。それが心配だ」

「勘一を連れて赤湯さ行ってくる」

「返しに行くのかね」

「半分はそうだ。おれより三十も年上のくせして、勘七はまるで犬猫捨てるようにして勘一を置いていった。どうしてもあの爺とあの家の者に確かめたいことがあんのだ。勘一を連れて行けば言い逃れはできねえはずだ。とにかく養蚕が始まる前でねえとなんねえ」

四月早々に勘一を連れて嵐田の家へ行った。

「おぼこ連れてきたぞ」

大声で怒鳴り、ゐ以がいる居間に勘一の手を引いて上がった。

「勘七さと、おれの後釜の婿殿、それから憲吉さをここさ呼んでけろ」

ゑ以が顔をこわばらせたままだ。松蔵の声を聞きつけて婿らしい男が出てきた。

「おれはこの家から出された阿部松蔵って者だ。お前様のお名前は」

「銀三だ。どげなご用だべ」

「勘七さと憲吉さをここさ呼んでもらいてえ」

みなが揃ったところで松蔵が言った。

「勘七さ。こないだはまるで犬猫捨てるようにしてこのおぼこをおれの家さ置いていったな。この家でどげな育て方したか知《し》ゃねけど、手のつけられねえありさまだ。だから返しに来た。まともな性格になったら受け取りに来る」

「そのおぼこ、松蔵さの子だ。性格が親父に似たなだ」

ゑ以が言った。

「んだば、なして生まれたときにおれさ預けなかった。とんでもねえ育て方して、手がつけられねくなると、犬猫捨てるみてえにして放り出す。おれの息子なら性格はいいのだ。おれに二人子供がいっけど、二人とも性格が良《い》くて近所の者たちから羨ましがられている。おゑ以さ、都合が悪いとみな他人《ひと》のせいにする。死んだそうだけど、おハナのあの薄情さ、おゑ以さに似たのか。育て方のせいだべ。死んだ者を今ここであれこれ言うつもりはねえが」

松蔵は憲吉に顔を向けた。

「憲吉っつぁ。お前おれの所さ来たとき、婿殿が怠け者で乱暴で、勘一やおハナを殴ったり蹴ったりしてんの見てらんねえから、預かってもらいてえと言ったな」

憲吉は顔をこわばらせ目を伏せた。

「あれは出任せの作り話でねかったのか。銀三さ、なして勘一やおハナを殴ったり蹴ったりしたか、その訳を聞かせてもらいてえ」

「憲吉、そげな話を作ったのか。なしてだ」

憲吉は口を閉ざしたまま顔を上げようとしない。

「まず、おれは蹴ったりはしねえ。おハナを殴ったこともねえ。なして勘一を殴ったかというとな、勘一はお蚕様に泥や水をかけたり、桑の葉をみななくしたり、とんでもねえことをすっから注意すると婆さの膝さ逃げ込む。婆さはおれの孫がそげなことするはずがねえ。奉公人がしたなだと見もしねえで言い張る。これでは立派に育つはずがねえ。んだから、殴って根性を叩き直すしかねかったのだ」

「おゑ以さ、何か言うことあっか。お前がおれの息子をだめにしたのがはっきりしたべ。さあ、勘七つぁ、このおぼこは犬猫でねえのだ。手に負えねくなると厄介払いなんてのは人のすることであんめえ。お前はこの家の主だ」

勘七が他人事のような顔付きで聞こえないふりをしているのを見て、銀三が言った。

「憲吉、おれがそげに怠け者で、乱暴ものか。答えろ」

「申し訳ねえっす。婆さにそう言えって言わっちゃもんだから」

「そげなこと、言ってねえ」

ゑ以は喉を引きつらせたような声で言った。憲吉が小さな声で言った。

「そう言わっちゃでねえか。おれはご主人様の言う通りにしただけだ。おれを悪者にしねえでおこやい」

勘一はちらちらゑ以の顔色を覗っている。松蔵は勘七を睨んだ。

「さっ、勘七つぁ、なじょする」

「返事がねえようだな。このおぼこを置いておれは帰る」

松蔵が立ち上がろうとすると、銀三が、「ちぇっと待ってもらえねべか」と押しとどめて言った。

「勘一をここに置いては、本人のために良くねえ。爺さ、婆さがいなければなんとかおれが躾《しつけ》し直してみっとこだけど、爺さ、婆さに出て行けとは、おれとしては言えねえ。松蔵さ、松蔵さならおれ以上にうまく育ててもらえると思うんでな。おぼこには罪がねえもの」

「ほだ。この爺さ、婆さがいては絶対にうまくいかねえ」

「んだば、おれが死ねばいいなだべ」

ゑ以が怒鳴った。

「できもしねえこと、言うもんでねえ」

松蔵の気迫を押し返そうと必死で睨み上げるゑ以に松蔵が怒鳴り返した。

「おれにはな今年二つになる娘と四つになる息子がいる。勘一は知ゃね振りして娘の足をつねって泣かせ、息子は怖がって近づかねえのだ。娘の足には何個も痣ができているんだ」

「殴りつけるほかねえな」銀三が言った。

「殴って直るもんなら、銀三さのお力で直っているはずだ。銀三さ、おぼこはできなかったのか」

「身ごもったのだけどな、それがもとでハナもおぼこも死んだのよはあ」

「残念だったなあ。はやく後妻を見つけねば」

「実はな、評判が悪くて来手《きて》がねえのよう。松蔵さのようなできた人を追い出したところさは娘をやるわけにはいかねえっていうなだ」

「とにかく、今日のところは帰らせてもらう。憲吉さも入れてみなで相談なさったらなじょだ。勘一は犬猫でねえということだけは忘れねえでもらいてえ」

松蔵が家を出ると、銀三が追いかけてきた。

「おれ、近いうちにこの家を出る。すると嵐田の家には稼《かせ》ぎ人《と》がいねくなる。憲吉以外は奉公人も姉こもみないねくなったからな。勘一はおれとはまったく血が繋がっていねえ。んだから、勘一は松蔵さに叩き直してもらうしかねえのだ」

「そうか。銀三さはこの家を出るか。わかった。嘘八百並べるような憲吉はあてにならねえ。いま集まった者たちでよく話し合って、それでもおれのところで勘一を育てるっていうのなら、銀三さがおら家《え》さ連れて来てもらえねべか」

「わかった。そうすんべ」

五、コロリ

　銀三が勘一を連れて松蔵のところへ来たのは、松蔵が赤湯へ行ってから四日後だった。そのときの話によると、憲吉は暇を出され、銀三が荷を纏めて嵐田の家を出たのが昨日だという。

「おハナと腹ん中の子が死んだとき、おれはあの家を出っかと思ったなだけど、この勘一のことに切りを付けねばと、いろいろやってみたがだめだった。松蔵さのおぼこだから、あとは松蔵さが面倒見るしかねえ」

　松蔵はいろいろ考えていたが、爺婆に甘えないで生きることを修験者のオクマンサマに教えてもらうのが一番いいと思い、菊に相談した。

「ほだなあ。お前様《め》がなんとしても勘一を一人前にしてえっていう気持ちはわかる。頼んでみたらいいべ」

菊はそう言って松蔵を励ましたのだった。

修験者は自分から修行したいという者達だから、子供を預かることはできない。そう言ってから、「まだ六歳といったな。松蔵さが世話になった砂塚の慈巌寺の住職な、瑞渓様はなんだかとぼけたみたいなところがあって、子供らにも親しまれているっちゅう話だ。ぶっ叩いてうまくいかねかったんだから、慈巌寺様に相談してみたらなじょだ」と勧めてくれた。

松蔵はただちに慈巌寺を訪ね、瑞渓和尚に事情を丁寧に説明した。

「松蔵さは真面目過ぎっとこあっから、そのおぼこ、お前《め》のところでは息が詰まんべ。それではだめだ。いまさら松蔵さが気楽になるっちゅうわけにもいかねべから預かってみっか。ただしな、おれは和尚だけど仏様ではねえ。うまくいくか、いかねかは、やってみねえとわからねえ。預かって半年経ってだめならお返しすっから、それでええな」

「いいどこでねえ。なんたっておれの血を分けた息子だから、出来は悪くても、何としても人並みにしてえのだ。半年先ではなく、ひと月ごとに様子見にお伺いさせていただきます」

「それがだめなのよ。お前のただひとつの欠点よ。任せると決めたら任せればええのだ。毎月顔を出されては、お前が婆さの代わりになるだけでねえか。婆さの膝が隠れ家だったんだ。隠れ家をなくすことから始めんなね」

「分かり申した。わかり申した」

宮内に戻ってオクマンサマに報告すると、「さすがにご住職ってのはたいしたもんだ。少し鍛えられて戻って来たら、寺子屋へ入れた方がええ。おれが思うには勘一ちゅう息子、気が弱いんではねえかなあ。そうだとすれば柔術でも習わせてみんのも悪くねえかもしれねえぞ」と言ってくれた。

松蔵は勘一を慈巌寺に預けた。

「勘一がいねくなって、お前様なんだか気抜けしたみてえだな。休んでる暇はねえぞ。お蚕様の世話する姉こが二人も来るし、五月末には手伝いの男衆が三人も来っからな。失敗しねえようにしてけろな。おらだが食えなくなるだけでねえ、借金返せねくなるから」

「おぼこ生まれんのいつ頃だ」

「七月だべ」

「んだか。その前に慈巌寺さ行って来る」

勘一を預けて三カ月後、松蔵がお布施と精一杯の心遣いを持って寺に入ると、ちょうど葬儀が終わるところだという。正座して待っていると、お庫裏さんが、「ちょっと手が空いたから」と勘一を連れてきた。墓掃除はまだむりだが、廊下の拭き掃除が主な仕事だという。

松蔵はできるだけ表情を和らげ勘一の顔を見ると、勘一は一応両手をついてお辞儀をした。

「立派な挨拶ができるようになったな。まだ三月《みつき》だというのに。いいか、勘一、お前はおれの大事な息子だ。おれがお前と同じ年頃には、そんな具合に挨拶させられたもんだ。この寺の和尚様《おしょさま》はそれは偉いお方だから、しっかり言うことを聞いて、礼儀作法ってものを身につけろ」

「はい」

声はめっぽう小さかったが、とにかく返事をした。松蔵は大きくうなずいた。たった三カ月でここまで来たのだ。あと三カ月経ったらどこまで立派になるだろう。

瑞渓和尚が部屋に入ってきた。

「お前の息子は立派になる」

そういうと席を立った。

宮内への帰る道々、近いうちオクマンサマに頼んで柔術の師匠を探してもらわねばならねな、寺子屋は大鳥居のそばにあるところがいいだろう、しっかりした師匠がいるから、などと胸算用をしていた。

菊が女児を出産したのは七月半ばだった。

「名前だけどな、千代とつけてえんだ。おれのお母様《おっかさ》の名は平かなで『ちよ』だったけどな、よくできた人でな。ただ三十歳で亡くなった。あと三、四十年は生きられるはずだった。このおぼこには漢字で『千代』にして、お母様《おっかさ》の分とこの子の分とたして長あく生きてもらいてえのだ。漢字の『千代』には千代に八千代にという意味があっからな」

「立派なお母様《おっかさ》の名前を貰えれば、このおぼこは幸せよう」


千代が生まれたその日に異国船が江戸の南の浦賀に現れ、幕府はすったもんだだという話が伝わってきた。

「黒くてばかにでかい船で、異人が久里浜ってところに上がってきたと」

「幕府と異人の間に戦が始まっかもしれねえな」

「そげなことになったら、上杉様も兵を出すことになんべな」

異人はまさか米沢までは攻めて来ないだろうが、世間はどういうことになるのか、村人たちは疑心暗鬼に陥った。

松蔵の頭にあるのは、どんなことになっても、菊と子供三人、それから勘一を守るということだけだった。そのためにも、とにかく稼がねば。千代が五歳になる頃には、茅葺き屋根の家を建てねば、梅も千代もいいとこさ嫁に行けねえからな、と思うと躰に力が漲ってくるのを覚えた。

この年も繭の値段はやや上がって、並繭もみな買い上げてくれた。

九月末、勘一を寺から引き取った。和尚は、「このおぼこは見込みがある」と言ってくれた。そのとき柔術の稽古と寺子屋のことを相談すると、それはいいことだ。ただしな、お前は親父だ。いちいち相談しないで、自分がいいと思ったことをやらせてみろと注意されたのだった。

オクマンサマに相談すると、柔術の師匠はえてして気が荒い。もう少し年を取ってからがいい。寺子屋の方は早速通わせてみろという。

松蔵は勘一と嘉蔵に、姉こや奉公人の来る前に出入り口と庭先の掃き掃除をさせることにした。嘉蔵はまだ五歳だから形だけではあるが、勘一は、七歳という歳のわりにはしっかり掃く。菊が、「お前《め》、掃除上手《じょん》だな」と感心した。

秋になって熊野神社東側の丘へ家族みんなで茸採りに出かけた。一家六人だ。菊は千代を背負い弁当を持ってついてくる。この丘にはズコンボといううぬめりのある茸と、カサが栗色のマンジュウダケという茸が採れる。一時《いっとき》（二時間）ほど採って筵に広げてみると、なんと勘一の採った量が松蔵のより多い。

「うわー、お前《め》茸採り上手《じょん》だなあ。お父様《おとっつぁま》より多いよ、ほれ見てみろ」、菊が大声を上げると、「いやー、参ったなあ、まだ七歳の息子に負けたのかあ、おれ」。

梅がまだいくらかもとらない、い、い、い（なめらかに動かない）もの言いで、「兄やさ、じょんだ（上手だ）、兄やさ、じょんだ」と囃し立て、嘉蔵は口惜しそうな顔を見せ、勘一が嬉しそうな表情を見せた。松蔵は初めて見る喜びの表情だった。

味噌握りと塩握り、中に梅干しがほんの少し入っているのを、勘一と嘉蔵は争うように食べた。菊の膝から手を伸ばし自分も食べようとする千代に、菊は米粒をいくつか指先につけて千代の口の中に入れた。

五人の修験僧が錫杖を突き鳴らしながら熊野神社から下りてきた。湯殿山へ修行に行くのだ。行列は松蔵の家の近くを通り吉野川沿いの道を山へ向かう。行列の中にオクマンサマがいるはずだ。松蔵と菊が子供を連れて急いで出てみるとオクマンサマが行列の最後尾を歩いていた。松蔵が駆け寄って餅一袋を渡し、菊が丁寧にお辞儀をすると、オクマンサマは無言で大きくうなずいた。


年が変わっても黒船来航の情報が続いて宮内にも入ってくる。それは宮内から遠い江戸や、それより西の地域の事で、気にするほどのことではないものの、世の中は変わるかもしれないという気持ちを人々に抱かせた。

勘一の話し声はいくらか大きくなってきた。松蔵は蚕種紙の購入量をまた増やしたが、蚕室、蚕棚に限りがある。量より良質の繭を得るように、松蔵はいろいろ工夫することにし、不器用で熱心でない姉こと粗雑な奉公人には暇を出した。

五月の春蚕上蔟が近づいた夕方だった。

「このおぼこ、今まで吐いたことねかったのに、吐いたよう」と、菊は心配そうに千代の顔を覗いた。

「あっ、下してる（下痢してる）」

菊は引きつった声を上げ、「勘一、おぼこの布団敷いてけろ。嘉蔵、千代のしめし（襁褓）持ってこい。梅そっちゃいってろ、邪魔すんな」という菊の叫び声を聞きつけ松蔵が入ってきた。

「おぼこら、そっちさ行ってろ。あとはおれがする」

松蔵は千代の汚れた襁褓を受け取り、外に出て小川の水で洗った。

「おぼこら、こっちさ来い。柄杓で水を手にかけてやっからよく洗え」

松蔵は自分が死の淵をさまよったあの吐き下しを思い出したのだった。

菊は千代を抱いてすぐ医者へ急いだ。だが、これという治療はしてくれない。

「なんとか助けておこやい。助けておこやい」と繰り返すが、医者はうるさそうに横を向いて、「家で大事に寝せておけ」と言ったきりだったという。

「もう、吐くものねえのに吐くぅ」と口に水をわずかに入れると、千代はすぐ吐いてしまう。下痢が止まらない。水を飲まないせいか、下痢の量は減ってはきたが、千代はぐったりして菊にしがみつくことさえしなくなった。菊は千代をそっと抱き上げ顔を胸にもたれさせると、弱々しいせかせかした息を胸で感じた。

「松蔵さ、助けてー。なんとかしてけろー」

菊は自分の頬を千代の頭にそっとつけてみたり、足をそっとなでたりするが、反応はない。夜は行燈を点けたままにして千代の顔を覗き込む。

「なじょしても（どうしても）助けるのだ、なじょしても助けるのだ」

菊は口の中で言い続けている。

三日目の朝、ついに千代は息絶えた。それでも菊は千代を胸から離そうとしない。

松蔵が千代の顔を覗き込むと、まるで目の玉が無くなったように目がへこんでいる。

肌色は青白く艶が消えている。

「そげにしてたら千代がもごせえ。ほれ、ここに布団敷いたからそっと寝かせてやれ」

「やんだ（嫌だ）よう、やんだよう」

菊は千代を布団に寝かせると、添い寝するようにして千代の顔を自分の胸に寄せた。菊の肩を松蔵はそっと撫で、立ち上がり要助と惣太郎に助けを求め、光莱院に急いで通夜の読経を頼み、通夜は明日の夜ということになった。

要助夫婦と惣太郎夫婦が駆けつけ、みなが菊を慰めようとするが躰を激しく振って千代を離そうとしない。要助と惣太郎が経机や線香立て、りん（仏壇鐘）、灯明などを持って来るため、いったん家へ戻る。

突然のことで、空いている片隅の墓地に墓を作るように言われた。狭くてみすぼらしいところだが、仕方ない。その足で葬儀屋に行き、子供用の棺桶を注文した。

菊は千代を離そうとすると頑なに抵抗する。結局、惣太郎がそっと菊の胸と千代の間に手を入れ千代をそっと持ち上げた。菊は、わっ、と泣き伏した。

松蔵が千代をおそるおそる棺桶に入れ、惣太郎が蓋をした。光莱院の住職が来て通夜の読経が始まっても菊は棺桶の近くから離れようとしない。

明日の朝、埋葬するように、そして、本堂で経を上げると言い残して住職は帰っていった。

早朝、葬儀屋から人夫がきて棺桶を天秤棒に下げると、集まった者たちがぞろぞろ棺桶を囲むようにしてついて行く。

墓場につくと寺男も出て来て葬儀屋と一緒に墓穴を掘った。いよいよ棺桶をその穴に入れるとき、「そばにいるー。そばにいるー」と泣き叫んで菊は棺桶にしがみつき離れようとしない。墓参りに来た人々が何事だろうと寄ってきた。松蔵と惣太郎でようやく菊を抱き上げ墓穴に土を入れた。盛り上げられた土の山を抱くようにして、わー、わー、と菊は泣き続ける。本堂での読経の席につかせることは無理なので、惣太郎夫婦が菊を家へ連れ去った。

それから一カ月、菊はほとんど声を出さず、幽霊のようにぼんやりしているので、要助と惣太郎の嫁がかわるがわるやって来て家事をしてくれた。

菊はようやく仕事を始めるようになったが、元気な声、どこにいても聞こえていた笑い声が絶えた。毎朝、何かしらの花を庭、川縁などから摘んで墓参りに出かける。

一年経っても、笑顔と笑い声は戻らない。

夜、菊は背を向けて松蔵を近づけない。すやすや眠る千代を菊は抱いているのだ。松蔵は思わず涙ぐんでしまう。

元号は安政になっていた。幕府役人羽田十左右衛門という役人が通過する。赤湯の烏帽子屋に泊まるから案内役を頼むと肝煎から頼まれた。いろいろ世話になっているから否《いや》とはいえない。特に九月は刈り入れ時で、稲作農家にとって一日間でも仕事を休めないのに、赤湯村から長井村まで二、三日も、紋付き袴で役人に付き添うなどということは非常に迷惑なのだ。ご案内役の主立った者は村の三役、つまり肝煎、組頭

（年寄）、百姓代だが、この度は郷村出役《ごうそんしゅつやく》（農村教導のため派遣される中級武士）が米沢から出向いてくるという。松蔵達はそのようなお偉方の指示で動く雑役夫のようなものだが、この度は特に人数を増やし厳重に警護するらしい。それは高畠村など屋代郷の者達が、天領から上杉の預かり地になったことの非を唱えて幕府役人に直訴するかもしれないためだ。

松蔵はもちろん、米沢領内に住む者にとって屋代郷の身勝手な振る舞いは許せない。天領の年貢は収穫の五割だが、米沢領内では六割だ。天領になれば年貢が減る。しかし、屋代郷でも、あの長く続いた飢饉で一人も餓死者を出さなかったのは上杉様のおかげではないのか。自分たちだけ年貢が減れば、周囲はどうでも構わないというのか。宮内村の者達はそのような政《まつりごと》に関わる事へは口出しをしないが、腹の中ではそう思っている。だから松蔵は、肝煎に世話になったからだけでなく、この役目を進んで引き受けることにしたのだった。

小さな大名行列同然の一行に随伴していて、江戸、京と、薩摩など西の大名達の様子、黒船来航後の様子をお偉方の雑談を通して耳に入ったことは、松蔵にとって大きな事だった。

異国の者達は繭、絹糸を食う巨大な腹を持っているかのように欲しがっているという。もし、幕府が江戸に近い横浜村あたりに港を開けば、繭も絹糸もきりなく買っていくだろうという。そうなると、幕府の虐め、嫌がらせで窮乏に喘いできた上杉家はいくらかでも豊かになり、養蚕業者も潤うに違いない。だが、異人相手の戦となれば話は違う。

関ヶ原の戦い以来、現在に至るまでどれほど徳川は上杉様をいためつけてきたことか。百二十万石から三十万石は仕方なかったとしても、それから十五万石へ、さらに屋代郷を取り上げて十二万石へ。愚《ぐ》にも付かないことを言い立てて領地を減らしてきた。とにかく徳川の閣僚というのは残忍でえげつない。白岩の領主酒井は苛斂誅求に耐えかねた百姓を山形領主保科と計らって騙し討ちにし獄門磔にした。酒井も保科も徳川の重臣の子や孫だ。これをみても、徳川幕府には仁もなければ義もない。

だから、異人相手の戦いになれば、上杉様へ無理難題のような出兵を命じてくるかもしれない。

こんなことを口にすれば直ちに咎め立てされ、運が悪ければ殺される。宮内村民達は決して政には口を出さないが、日頃の雑談で自然に腹の中が見通せるのだ。何とか戦にはならず、異人への絹糸売りつけに精を出してもらいたい。

そんなことを念じながら、松蔵は家に戻ると、幽霊のようになってしまった菊を見た。なんとか元気づけなければならない。立派な仏壇も作って千代の位牌を置くことができる茅葺き屋根のしっかりした家を建てなければならない。


勘一が十歳になったときだった。「お父様《おとつぁま》にちぇっと聞きてえことがあっけどいかんべか」と話しかけてきた。

「何だ、言ってみろ」

「おれが死んだら、おれの実のお母様《おっかさま》はあげに悲しんでくれたべか」

思いがけない質問に、松蔵は勘一の顔を見つめた。

「当たり前だ。おぼこに死なっちぇ平気な母親なんていねえ。お前の実のお母様《おっかさ》は気の優しいお人だったから、そらあ悲しんだべ」松蔵はそう言ってから小声で付け加えた。

「子供が親より早く死ぬことほど親不孝はねえぞ。どげなことがあっても勘一はおれより早く死んではならねえぞ。お千代はたった二歳だったから神様の思し召しだけど。お菊を見てれば分かんべ。子供に死なれた親がどんだけ悲しむか。何かのおりにお菊を慰めてやってけろ」

嘉蔵も寺子屋通いが始まった。寺子屋へ出かけていく息子達を見ていると、自分が寺子屋へ通っていた頃が思い出された。その頃、菊はちょうど今の梅のようなめんごくて(可愛くて)きかん気の女童《おなごわらし》だった。みな何の心配もなく大声を上げて走りまわったものだ。その頃母親が死んだ。母親の遺体を前におれは泣くことさえ知らなかった。冷たく硬くなった母親が怖いもののようにさえ感じたものだった。

安政五年、幕府は黒船のため神奈川に港を開くことを決め、次の年に港は横浜に開かれた。とたんに、繭も絹糸も作れば作っただけ売れ、しかも売値はうなぎ登りになった。

松蔵は念願だった茅葺き屋根の家屋を建てることにした。菊に言うと、「お前様の好きになさったらええ」と言っただけだった。

元号が万延に変わり、さらに万延二年から文久元年になった年だった。「コロリ(コレラ)」という恐ろしい病が宮内村にも広がり、下痢嘔吐で、人々が、コロリ、コロリと死んでいったのだ。宮内村でも二、三百人が死んだ。

そんな最中、上杉の領主斉憲が江戸警護のため八百人の家来を率いて出立することになったのだ。肝煎が松蔵のところへやって来た。今、コロリのため供揃えに難渋している。供の一部を百姓に担ってもらいたいというのだった。

「松蔵さのところの息子はいま何歳だべ」

「上が十七歳だ」

「その息子を供揃えに出してもらえねか」

松蔵は腕を組んで考える素振りを見せてから答えた。

「そうゆうことなら、おれが参りますべ。十七歳ではまだまだお役には立たねえ。おれならばなんぼか（いくらか）でもお役に立てると思われるんでな」

「それは有り難いお話だけど、松蔵さは一家の主だ。主がいなくなっては家が持たねえのではないか」

「お心遣いは有り難えけど、お世話になっている上杉様のためなら、何としてもお役に立たねばならねえ。それにな、おれの嬶がおれ以上にしっかりしてっから、おら家《え》のことは心配ねえのよっす」

「有り難いお話を聞き申した。んでは追って米沢のお役人からお知らせがあんべ」

「お待ちしており申す」

松蔵の出立は翌年文久三年正月だった。その日のために草鞋、蓑は松蔵が作っておいた。菅笠は要助に都合してもらった。

役人が来て熊野神社の本殿前に揃ってみると、宮内村から五人が集まってきた。雪は止んでいた。まだ根雪になってひと月も経っていないから、さほど積もってはいない。ときどき思い出したように杉の葉から雪が落ちる。家を出るとき、菊が今にも泣き出しそうな目で松蔵を見つめ、いつ準備したのか、足袋三足と握り飯、餅を包んだ風呂敷を無言で渡してくれた。

「心配いらねえ。必ず帰ってくる。留守を頼んだぞ。コロリに罹んねようにしっかり気をつけろよ。二度と大病を出さねように、まず、お菊、お前自身だ。それからおぼこらに気いつけてけろ」そう言うと、もう一度、「頼んだぞ」と念を押して、足軽であろう刀を差した男に率いられ米沢へ向かった。菊と子供達三人、要助一家と惣太郎一家が見送りに来てくれた。松蔵の奉公人、姉こたちも見送ってくれた。

松蔵は板谷峠まで行くと、村へ帰れと指示された。耳に入った引率隊士の雑談から推し量ると、供揃えは板谷峠まで八百名。そこで半数に減って、江戸に近づくと歩士《かち》が江戸からやって来てもとの八百名になるらしい。それは路銀を減らす苦肉の策らしいのだが、それほど上杉の内情は逼迫しているのだろう。松蔵のこの想像は口にすればどんなお咎めが来るかもしれない。絶対に口外しなかった。

宮内村へ戻ったのは出立して十日目だった。菊はにっこり微笑み、その夜は松蔵の胸にしがみつくようにして眠っていた。千代が死んでから初めて見る菊の笑みが嬉しかった。

次の日は、梅に手伝わせ、赤飯を炊いてくれた。松蔵は問わず語りに早期帰還の理由を説明した。

「おらだのように、刀も銃も持ったことのねえ者は使い物になんねえということになってなあ」

「んだ、んだ。お前様《め》には刀は似合わねえ」

「ところでな、勘一。今年十八歳になったな」

「はい」

「もう立派な大人だ。あと二年経てば嘉蔵が十八歳になる。二人してお母様《おっかさ》を助け梅を面倒見てくれ」そう言ってから、「毛利元就の三ツ矢の教えを学んだだろう」と前置きし、三ツ矢の教えを説明した。

「お梅は十四か。そろそろ嫁入りの事を考えねばなんねな」

松蔵が言ったとたん、菊は噛みつくように言った。

「まだ、早《はや》え」

松蔵は、「んだな」と言って話題を変えた。

七月だった。菊が突然吐きだし、激しい下痢も始まった。以前の松蔵の吐き下しとは違って、腹痛は激しくないらしい。どうもコロリの症状に似ている。かつて菊が松蔵のためにやってくれたように、松蔵は布団を敷き、尻の下に畳んだ布を何枚も敷き、枕元に水桶と、椀、吐物入れを置いた。子供達三人には手洗い、食器洗い、あちこちの雑巾がけ、焼酎拭きをさせた。病に関係の無いこんなことをしたからって菊が治る手助けになるとは思えない。しかし、コロリが医者の手に負えないことははっきりしている。自分のときはこのようにして治った。効き目がなくったってそれしか方法がないなら、やってみるしかない。唇が乾いているから、ときどき水を口に入れてやる。初めのうちは美味しそうに一口、二口飲み込んだが、だんだん受け付けなくなった。

菊はみるみる衰えて行く。二日目の夜、菊が何か言ったようなので耳を寄せると、「おぼこら頼む」と言っていた。

以前、松蔵が同じように言ったとき、「このばかたれ。おぼこら見るのはお前様《め》でねえか。そげな気の弱いことで、助かるものも助からねくなる」と怒鳴った菊の言葉を思い出したが、そのように菊を怒鳴って元気づける気にはなれなかった。

三日目の夕刻、いよいよ菊の息が弱くなった。水もほとんど受け付けない。どんよりした目はまるで死んだ魚の目のようだ。松蔵はそっと菊を抱いて縁に腰を下ろした。

満月だった。その月を菊に見せてやりたかったのだ。

菊はがっくりと首を折って松蔵の胸に顔をもたれかけた。膝に抱いた赤児を見るように、松蔵は菊の顔を見つめ続けた。その横に腰を下ろしている梅が菊の手を両手で包みながらすすり泣いている。

松蔵と菊と、取り囲む三人の子供たちを月の青白い光がただ照らしているだけの、風のない夜だった。松蔵は胸の内で繰り返していた。

「お千代のとこさ行って、仲良くな。今度は離ればなれになっことねえからな」

おれは生きてんだべか、死んでんだべか。ぼんやり考えていると月の中に千代を抱く菊の姿が見えてきた。やっぱり死んでんだなあ。

六、満月の光

そろそろ二十歳になった勘一のために嫁探しを始めなければならないが、それよりも梅が十六歳だ。あと一、二年のうちに嫁入り先を見つけなければ、行き遅れになってしまう。松蔵はしだいに気が焦ってきた。

「お梅、そろそろ嫁入りのことを考えねばな」

「嫁になんぞ行かねえよ」梅はぴしゃりと言った。菊が以前、「嫁勤めはこりごりだ」と言ったときと同じように、激しいもの言いだ。

「んでもなあ」と松蔵が困った顔をした。

「おれな、医者になる」

「医者？」

「お母様《おっかさま》とお千代を殺した病《やまい》を退治するんだ」

松蔵は言葉を失った。梅をまじまじと見つめてから言った。

「おなごの医者っていうのを聞いたことねえなあ」

「んだば、おれが手本になる」

とにかく梅の病に対する怨念はただごとでない。菊も暴力に耐えられず婚家先から逃げ出し、絶対に再婚はしないと言い張り嵐田の家の姉こになったのだった。自分と一緒になったのも、養蚕を手伝うのだと言って譲らなかったからだ。梅に医者になることを諦めさせ嫁に行くように仕向けることは容易ではなさそうだ。

梅を納得させるためには、自分自身が女医になる道はないということを知ることだ。

宮内村にも名のある医者がいるが、コロリは治せなかった。米沢に行っても、医者達に門前払いされるだろう。そして異口同音に、「おなごの医者？　すごいおなごがいたもんだな。面を見てみてえ」と相手にされないだろう。そのことを確かめればいい。梅を納得させるためなのだから。ところが坪井塾の塾頭が松蔵の話を聞いて、「わかった。女医者がいないわけではない。いちど、その娘に会ってみよう」と言ったのだ。

口では大いに感謝したが、内心は愕然とした。

坪井塾と言えば、そうそうたる蘭方医のいる米沢きっての塾だった。お願いした以上、梅を連れていかないわけにはいかない。

長崎にある医学伝習所か、大阪にある適塾に行けば学べるかもしれない。適塾の塾生は男ばかりのはずだから、伝習所を訪ねてはどうかという。

長崎と聞いて、さすがに梅も諦めるかと思ったら逆だった。松蔵は仏壇の前に正座し菊の位牌にどうしたものか問いかけた。

菊はなにも答えてくれない。いや、「ばかたれ。何やってんだ」と怒鳴っているに違いない。

長崎から見れば、宮内など在郷の在郷、まして小娘などあっさり門前払いだろう。

とにかく後に引けなくなった。嘉蔵が付き添って、行くだけ行かせよう。坪井塾の塾頭に紹介状を書いてもらい、通行手形も準備してもらって梅と嘉蔵は出立した。

まあ、長くてひと月後には戻ってくるだろう。松蔵は自分に言い聞かせていたが、ひと月後に戻って来たのは嘉蔵だけだった。梅は紅毛人（オランダ人）の目に留まり、しっかり学んだらオランダで学ばせてやってもいいと言われたという。

おれはなんてばかたれなんだ。お菊だったら、梅が医者になりたいと言ったとたん、何をばかなことを言ってんのだと一喝しただろう。それでことは済み、梅は幸せな嫁入りになっただろう。

松蔵は縁にあぐらをかき、空を見上げると、菊が息絶えたときと同じように満月が青白い光で庭を照らしている。

部屋に閉じこもったままだった松蔵は勘一と嘉蔵を呼んだ。すっきりした気分だった。

「おれ、梅のところさ行って来る」

息子二人は、えっ、という顔で松蔵を見た。嘉蔵が言った。

「それはできねえべ」

「なしてだ。梅が行けて、なんでおれが行けねえ」

「梅はな、坪井塾の塾頭が書いてくれた紹介状と、お役人に出してもらった通り手形を持って行ったから長崎まで行けたんだよ、お父様《おとつあま》。何も持たねえで出かけたら関所で捕まって、磔になるかもしれねえ」

「そうか」

生きる希望を長崎に見つけたつもりだった松蔵は、やっぱりおれは死んだだな、と庭に視線を向けた。しばらくして勘一が言った。

「あのな、お父様《おとつあま》。おれお願いしてえことがあんなだけど」

「もう、お前は一人前だ。好きなようにしろ」

「ほで（そうで）ねえよ。お父様《おとっつぁま》に養蚕のこつを書いてもらって、人を集めて説明してもらいてえのだ」

ぼんやりと、他人事のように聞いていた松蔵はだんだん背筋をのばした。

「やってみっか」

息子二人は口を揃えた。

「やっておこやい」

「やってみんべ」

少し間を置いて松蔵は言った。

「おれな、前から考えていたことだけどな、お前《め》ら二人もう一人前だ。それでだ、おれの故郷はおれが育ったこの宮内だけどな、お菊とおれと一緒の故郷は砂塚だ。砂塚でお菊を嫁に貰い、嘉蔵が生まれ梅が生まれた。何もかにもみな砂塚が始まりだ。んだんら、嘉蔵、砂塚にここよりは広い土地と家を建てっから、そこでお前に養蚕を始めてもらいてえ。お菊がなんぼ喜ぶんだか。それには金が要る。砂塚の肝煎様に頼んでお上から金を借りねばなんね。ぜんぶ揃うまでおれも働く。勘一も手伝ってけろ。それから勘一、お前はここで好きなように仕事に励め」

勘一と嘉蔵は顔を見合わせた。

「嘉蔵、お菊と千代の墓は光莱院にあっから、お参りは忘れんなよ。心配なのはお梅だ。お梅が戻って来たら、勘一と嘉蔵二人して面倒みてけろな」

「お梅のことはおらだが何としても面倒みっから、心配しねえでおごやい」嘉蔵が答えた。

松蔵の目に涙が浮かんだ。

「頼んだぞ」そして「頼んだぞ」と繰り返してから、「手助けが必要になったら兄の要助さに頼め。惣太郎さはとても親切なお方だけど、お菊がいねくなったから、まず要助さだ」。

勘一が言った。

「言わんにぇくてもそうすっから、嘉蔵と一緒にそうすっから、いまにも死にそうなことは言わねえでおこやい」

松蔵の顔に安堵の色が浮かんだ。

佐々　泉太郎（さっさ　せんたろう）

東京医科歯科大学医学部卒業。秋田大学教授、田島内科医院院長。著書に『病棟婦長命令第三号』(幻冬舎)『コサック物語　アンチャールの木 ── 妖樹』(東洋出版)『洛陽の怪僧』(東洋出版）がある。

雪積む里
ばかたれ男　泣き虫女

2017年12月13日　初版第1刷発行

著　者　佐々泉太郎
発行者　中 田 典 昭
発行所　東京図書出版
発売元　株式会社 リフレ出版
〒113-0021　東京都文京区本駒込 3-10-4
電話 (03)3823-9171　FAX 0120-41-8080
印　刷　株式会社 ブレイン

ISBN978-4-86641-094-4 C0093
Printed in Japan 2017
落丁・乱丁はお取替えいたします。

ご意見、ご感想をお寄せ下さい。

［宛先］〒113-0021　東京都文京区本駒込 3-10-4
東京図書出版